COLLECTION FOLIO

Michel Mohrt
de l'Académie française

Le télésiège

Gallimard

Michel Mohrt est né à Morlaix (Finistère). Il a fait ses études dans un collège religieux à Brest, puis a été étudiant en droit à Rennes. Pendant la guerre de 1939-1940, il est éclaireur-skieur. Après la guerre, il voyage aux Etats-Unis, enseigne à Yale, à l'université de Californie et dans plusieurs autres collèges. Depuis 1952, tout en collaborant à divers journaux, il fait partie du Comité de lecture des Editions Gallimard.

Son œuvre comprend des essais littéraires sur Montherlant et sur le roman américain, des romans : *Les nomades, La campagne d'Italie, Deux Indiennes à Paris, L'ours des Adirondacks, Les moyens du bord, La guerre civile, Un soir, à Londres.* Deux récits autobiographiques : *La maison du père, Vers l'Ouest.* Il a obtenu en 1961 le Grand Prix du Roman de l'Académie française pour *La prison maritime,* et en 1970 le Grand Prix de la Critique pour *L'air du large,* essai sur des romans étrangers.

Il a été élu à l'Académie française en 1985.

À Paule de Beaumont

« *Compte qui peut le temps perdu* »

Aragon

Les télésièges, glissant sur un seul rail, accomplissaient une rotation complète sur le plancher de l'abri, avant de repartir dans la descente. L'employé saisissait la tige reliant le véhicule au câble, l'immobilisait un instant, les passagers devaient se hâter pour s'asseoir car le mouvement était rapide et les fauteuils risquaient de repartir à vide.

Il y avait deux sortes de sièges, couplés deux par deux; les uns se trouvaient dans une cabine oblongue fermée, en forme de cigare, aux parois de verre. Les autres étaient à ciel ouvert. Ils étaient composés d'une armature en fer, au sommet de laquelle une toile tendue formait un toit pentu, protégeant les deux occupants. A sa base, l'armature comportait deux planchettes où poser les pieds et, entre les planchettes, des alvéoles prévus pour y loger les skis. Séparés par un tube en fer, les deux sièges étaient formés de lattes de bois peintes en rouge : trois pour le dossier, quatre pour l'assise. Deux accoudoirs, également peints en rouge, complétaient les fauteuils. Ceux-ci n'étaient pas sans ressembler aux fauteuils qu'utilisent les metteurs en scène de films de cinéma, que l'on ne voit jamais qu'avec un porte-voix à la main, les yeux protégés par une visière et des lunettes noires, et un cigare à la bouche... Ces attributs n'étaient pas fournis aux passagers des télésièges. Une toile tendue verticalement protégeait des intempéries celui des deux voyageurs assis du côté de la pente.

Le câble auquel était suspendu ce moyen de locomotion quelque peu archaïque, et qui oscillait légèrement sous l'effet du vent, glissait sur des roues fixées aux pylônes de dix à quinze mètres de hauteur, séparés par des distances variables selon la déclivité du terrain. A chaque passage sous les pylônes, le télésiège était fortement secoué et l'on entendait le câble grincer en frottant contre l'acier de la roue, mais, entre les pylônes, le glissement s'effectuait en douceur.

Ils étaient quatre attendant de prendre place dans les fauteuils aériens qui les descendraient au fond de la vallée. Un groupe de deux femmes accompagnées d'un homme, et Martin, qui était seul. Martin, à la sortie du club situé presque au sommet de la montagne, à plus de deux mille mètres, s'était attardé à bavarder avec le Secrétaire, laissant les amis avec qui il avait déjeuné le devancer : sans doute ne l'auraient-ils pas attendu pour descendre.

Dans le chemin enneigé, taillé entre deux hauts talus de glace, qui allait du club à l'abri où les véhicules arrivaient et repartaient, Martin s'était trouvé précédant de quelques pas les deux femmes et leur compagnon. C'était donc à lui de s'asseoir le premier dans l'un des deux fauteuils accolés, il fallait faire vite, le siège avait accompli sa rotation, l'employé le retenait d'une main, Martin se précipita, s'assit, saisit la couverture qu'on lui tendait pour s'envelopper les jambes et les genoux. Le second fauteuil restait vide. Allait-il descendre seul ? Il se tourna vers le groupe qui attendait, fit un geste du bras qui pouvait passer pour une invite et, avant même qu'il ait pu formuler celle-ci, l'une des deux femmes se décida, s'assit dans le fauteuil à côté du sien et le véhicule brinquebalant, quittant le rail, sembla s'élever en l'air pour plonger aussitôt dans la descente et les deux passagers se trouvèrent en plein ciel.

Ils se tournèrent l'un vers l'autre et se sourirent.

Au moment où le télésiège avait quitté l'abri, la passagère, d'un geste décidé, avait rabattu devant Martin une barre de bois, elle aussi peinte en rouge, à hauteur de la ceinture et qui vint s'enclencher au bout de l'accoudoir du fauteuil. D'un geste non moins précis, elle saisit la couverture grise, qui rappelait à Martin les couvertures rêches et pesantes de l'armée et elle l'étendit sur leurs genoux.

L'embarquement et tous les gestes qui l'avaient accompagné avaient duré quelques secondes à peine, une minute au plus.

« Merci, dit Martin. C'eût été trop triste de descendre seul.

– C'est bien mon avis, dit sa voisine. Aussi, je vais avec vous.

– Vous avez hésité », dit Martin.

Elle ne répondit pas.

Une autre secousse les enleva à sept ou huit cents mètres au-dessus de la montagne couverte de neige où l'on voyait les pistes de ski et des skieurs minuscules qui descendaient en tournant et disparaissaient dans une forêt de sapins.

Martin se tourna vers sa compagne. Elle aussi avait déjeuné au club. Mais en dépit de l'envie qu'il avait éprouvée d'aller lui parler, Martin s'était contenté de la saluer de loin d'un signe de tête. C'était une femme plutôt petite qui n'avait sans doute pas atteint la cinquantaine et était encore belle sous le bonnet de laine rouge surmonté d'un pompon qui lui enserrait la tête laissant dépasser quelques mèches de cheveux gris; son costume de ski, une combinaison de soie bleue dont le pantalon fuseau était pris dans des bottines d'après-ski, faisait d'elle une femme différente de celle que Martin avait admirée la veille, dans une robe de dîner noire dont la simplicité mettait en valeur les bijoux qu'elle portait. Dans le visage mince aux traits fins, le nez était petit et droit, les lèvres charnues. Mais on ne voyait que les yeux, très grands, légèrement bridés, au regard intelligent. Elle portait des gants de laine du même rouge que celui du bonnet.

« Vous avez hésité », répéta Martin.

La femme aux gants rouges ne répondit pas. Elle arrangea la couverture jetée sur leurs genoux, en la tapotant d'une main.

« Je ne m'attendais pas à vous retrouver aujourd'hui, dit Martin, ni à vous avoir pour compagne dans ce voyage aérien. Comment avez-vous trouvé le dîner au Palace, hier soir ?

– Amusant, dit la femme aux gants rouges. Mais il n'était pas facile de suivre la conversation, les convives étaient trop nombreux.

– C'est souvent le cas... Les gens invitent les derniers arrivés, les amis de leurs amis.

– Comme moi. Je ne sais même pas qui recevait... Le banquier de Genève, je pense ? La conversation était brillante, mais vous avez très peu parlé.

– J'aurais aimé vous parler à vous, mais c'était impossible. Et vous ne m'avez pas facilité les choses.

– J'ai eu l'impression, une ou deux fois, que les propos tenus vous agaçaient.

– Beaucoup de choses m'agacent.

– Vous n'étiez pas d'accord avec ce que disait ce journaliste dont j'ai oublié le nom ?

– Non.

– Eh bien ! il fallait engager la discussion. C'eût été plus amusant.

– Je n'en avais nulle envie. Tout ce qu'on dit sur la politique – surtout la politique française – me paraît le plus souvent faux. Ou à côté... Et puis je ne veux pas en parler devant des étrangers : ils ont sur ce sujet des idées toutes faites. Les Français aussi, d'ailleurs.

– C'est pourquoi vous n'écrivez plus d'articles ? Je ne vois presque plus votre signature dans les journaux.

– Mes articles parviennent à New York ?

– Mais oui. Et aussi vos livres. J'ai lu votre livre sur la chute de la IIIe République.

– Vraiment ?

– Je sais que vous avez acquis une autorité en histoire et en politique. C'est votre livre sur Benjamin Constant qui m'a le plus intéressée.

– Vous ne pouvez savoir combien cela me fait plaisir... Découvrir un lecteur : c'est la récompense de l'écrivain... Oui, un grand plaisir... Il y a longtemps que je ne suis allé à New York. Est-ce que l'on donne toujours de ces cocktails littéraires où il y a trois cents personnes et où l'on boit beaucoup ? »

La voisine de Martin se tourna vers lui et le regarda dans les yeux avec insistance.

« Oui, dit-elle. Et l'on y fait toujours des rencontres imprévues.

– Est-ce que le restaurant du Sherry Netherland, sur la Cinquième Avenue, existe toujours ?

– Non, dit-elle.

– Quel dommage ! J'ai aimé ce restaurant. Voici les premiers sapins. Ils sont superbes, vus ainsi à vol d'oiseau... On a l'impression que l'on va frôler les plus hautes branches. Vous aimez ce voyage dans les airs ? Ce doux balancement ? Quel paysage ! Le cirque de montagnes à l'horizon et cette neige, les sapins noirs sur la neige... Oh ! regardez ! »

Dans le ciel sans nuages, sur leur droite, les passagers du télésiège virent un skieur qui venait de s'élancer du sommet de la montagne, au-dessus du club. Il était soutenu dans le vide par deux ailes aux bandes bleues et rouges et des skis étaient fixés à ses chaussures. Il volait, plongeant vers la pente où il atterrirait et il disparut derrière la forêt de sapins.

« Extraordinaire, dit la femme aux gants rouges. Quelle audace il faut pour se lancer ainsi dans le vide ! Oh ! un autre ! »

Muets, ils regardèrent un second skieur s'envoler et plonger dans une courbe gracieuse. Il disparut comme le premier.

« Vous n'avez pas eu l'envie de descendre à skis ?

– Je ne fais plus de ski de descente, dit Martin. Je manque d'entraînement. Et puis, j'ai peur de me casser une jambe. Je fais du ski de fond. Il y a de belles balades dans la vallée.

– C'est, je crois, très fatigant ? Plus que la descente.

– Oui... »

... Mais pas plus que les randonnées d'autrefois, avec dix kilos sur le dos, le mousqueton dans le sac reposant sur les reins par une armature de fer, tirant les épaules en arrière... Et sur les skis de frêne de l'armée, aux fixations déplorables, on se tordait les chevilles... Certains attachaient leurs skis avec des lacets de cuir enroulés autour des mollets... L'avancée, l'avancée...! Pas facile avec un tel matériel de merde... C'était alors la ruade Allais, le fin du fin... Jamais pu la réussir... Il se contentait du christiania des pères de famille... Stem-bogem et christiania... Et Quaranta, il se rappelait Quaranta qui virait droit autour de ses cannes plantées dans la neige. Il se moquait bien de la ruade, le bougre ! Paysan piémontais qui skiait depuis toujours... C'était encore l'âge héroïque du ski, ma petite dame. Vous n'avez pas connu cela. On astiquait la pente, quand même. On fartait avec de petits fers à repasser... L'avancée, bon Dieu ! Et l'on se cassait la gueule...

Martin laissa ses pensées vagabonder tout en regardant la forêt de sapins qui montait vers eux. Il admirait aussi des arbres dépouillés au dessin parfait, les branches presque symétriques s'élevant des deux côtés du tronc, diminuant jusqu'au sommet pointu, ce qui donnait à l'arbre la forme ventrue d'une poire. Comment s'appelaient-ils ?

« Regardez ces beaux arbres, dit Martin, ceux-là, sans feuilles, aux branches ramifiées... Connaissez-vous leur nom ?

– Il faudra le demander à un paysan d'ici. Sans doute un nom allemand, nous sommes dans l'Oberland bernois.

– Mais la frontière linguistique est toute proche; on parle souvent le français à Gstaad.

– On parle toutes les langues, à Gstaad, dit la femme aux gants rouges, avec un éclat de rire. Et l'anglais et l'américain encore plus que les autres.

– Parlons anglais.

– Non. Avec vous je préfère parler le français. »

Ils se turent un instant et la passagère se détourna pour regarder le couple assis dans le télésiège qui les suivait et les dominait. Elle agita la main pour leur faire signe.

« Hier soir, vous m'avez fui, dit Martin.

– Quoi ! dit la femme aux gants rouges, c'est

ridicule. Il y avait dix personnes à dîner et nous étions à des bouts opposés de la table.

– Mais, après le dîner, quand nous nous sommes trouvés dans un coin du salon, sur les canapés...

– Eh bien ?

– J'ai cherché à me rapprocher de vous, j'aurais aimé vous parler en particulier.

– Comme maintenant ? Vous avez donc votre revanche. »

Martin ne répondit pas. Le télésiège avançait par petites secousses. La descente n'avait plus la régularité du début.

« Votre mari est descendu avant vous avec cette jeune femme blonde qui était hier soir au dîner. Il ne la quitte guère.

– Mon mari aime les jolies femmes. Je ne m'en formalise pas.

– Et il vous laisse aussi beaucoup de liberté ?

– Vous êtes toujours aussi indiscret ?

– Votre mari est banquier, je crois ? J'ai surpris une bribe de conversation. Il a l'air très informé, très sûr de lui... Enfin, il parle avec autorité. Il voyage beaucoup ?

– Oui.

– Vous menez sûrement une vie très agréable à New York... Celle pour laquelle vous étiez faite. Je parie que vous habitez sur Park Avenue.

– Non. J'habite un hôtel particulier sur la 75e Rue east.

– C'est encore mieux.

– Je me serais contentée d'une vie plus modeste.

– Celle que vous menez doit avoir beaucoup d'avantages.

– Je ne le nie pas.

– C'est une vie que je n'aurais jamais pu offrir à une femme. C'est pourquoi je suis resté célibataire.

– Peut-être auriez-vous pu trouver une femme qui accepte une vie modeste. Y avez-vous seulement songé?

– Elle n'aurait pas accepté.

– Qu'en savez-vous? »

Il y eut une secousse légère et les passagers du télésiège eurent l'impression fugitive que celui-ci s'élevait au lieu de descendre. Mais il continua sa plongée vers l'abîme.

« C'est curieux, dit Martin en remontant la couverture sur ses genoux et ceux de sa voisine : il me semble que vous êtes très différents, votre mari et vous.. Que vos goûts ne sont pas les mêmes... Enfin, excusez-moi, d'être aussi indiscret...

– En effet!

– ... Mais, hier soir, quand j'ai tenté de me rapprocher de vous, que je vous ai entendue parler à votre voisin, ce que vous avez dit, ce que j'ai compris... – vous avez parlé avec enthousiasme du concert de Menuhin à Saanen, et aussi de Tanglewood... Non pas du grand concert donné dans l'auditorium, mais des répétitions, le matin, dans les petites salles autour du campus, où l'on peut entendre un quatuor. – Et vous avez parlé d'écrivains américains que vous semblez bien connaître : Saul Bellow, Singer... Eh bien ! il m'a semblé que votre mari est indifférent à tout cela ?

– Vous vous trompez. Nous recevons beaucoup d'écrivains. Mon mari a des intérêts dans une maison d'édition. Et dans des magazines littéraires.

– Alors, vous donnez de ces cocktails monstres dont nous parlions tout à l'heure ? Je me souviens d'un cocktail à New York, oh ! il y a longtemps, plus de trente ans, trente-trois ou trente-quatre ans peut-être... ? Quel monde ! Tout le New York littéraire d'après guerre était là, George Plimpton, Bob Silvers...

– Ce sont des amis.

– On fêtait un écrivain noir, je ne sais plus lequel... Jimmy Baldwin, sans doute, il était la coqueluche des salons.

– La quoi ? dit la voisine de Martin en riant.

– Coqueluche. Vous ne connaissez pas ce mot, vous qui parlez si bien le français ? Cela veut dire : le " chéri du moment ", l'attraction du moment... Celui que tout le monde s'arrache... Il y avait des femmes bien jolies à ce cocktail, l'une surtout dont j'ai gardé le souvenir... Ah! c'est un bon souvenir. »

... Et des femmes coiffées de chapeaux extravagants, voilettes, voilettes... Des modèles de photographes de magazine que l'on reconnaissait pour les avoir admirés cent fois dans le *New Yorker, Cosmopolitan, Vogue...*, posant pour les parfums d'Estée Lauder, pour Lord and Taylor, pour... Et pour... Et tout le monde se bousculait, se tenait aux hanches, s'embrassait, riait aux éclats, buvait du whisky, de la bière, du vin blanc, les femmes renversaient la tête en arrière comme prêtes à s'évanouir, riant à *gorge déployée...* Il y en avait de fort belles de ces gorges déployées... Et les « Hey Sam », « Hey Bob », les claques dans le dos, les Fred, les Mike, des highballs à la main, échangeant des plaisanteries, des vacheries, des informations, et, soudain, il s'était trouvé au milieu de cette tempête, comme dans une bonace... Dit-on « bonace »? Ce calme soudain dans l'œil du maelström... Isolé, un peu hagard, environné de visages inconnus, ne sachant à qui parler et, devant lui, cette femme qui le regardait de ses yeux noirs... Noirs ou jaunes? Plutôt tabac... Elle aussi paraissait perdue. Perdue et souriante... Il lui avait dit deux ou trois mots à peine audibles au milieu du vacarme des éléments déchaînés... « Non, je n'habite pas New York, avait-elle répondu en français... » Vexant : à son accent, elle avait reconnu qu'il était français... « J'habite San Francisco. Je suis de passage. – Comme moi. – J'ai vécu en France quelque temps... » Et, presque tout de suite, sans trop y réfléchir, sans y croire vraiment : « Etes-vous libre, demain, à déjeuner? Connaissez-vous le Sherry Netherland, sur la Cinquième Avenue, en face du Parc? Oui? Une heure, au Sherry... » Il n'était pas certain qu'elle ait accepté, ni même entendu son invitation au milieu du tintamarre et, tout de suite, ils s'étaient trouvés séparés par un brassage des invités... Et son nez devant la poitrine d'une géante, s'enfonçant dans le creux du décolleté... Hey! Nice to see you! Et, le lendemain, arrivé une demi-heure en avance, selon son habitude, pour retenir une table, l'attendant, le cœur battant, battant à se rompre, tombé dans ses bottes, tandis que le temps passait... En retard, comme toutes les femmes... Se faire désirer... Ne pas arriver la première... Et il en était à son deuxième old-fashioned, la tête commençait à lui tourner... Mais que cette incertitude était bonne et que ne donnerais-tu pas pour revivre un moment comme celui-là, aujourd'hui... Et elle était venue. Il faisait beau, c'étaient les premiers jours du printemps. Après le déjeuner – bass, chablis... – il avait songé à l'emmener voir un film au cinéma, sur la place du Plaza, qui ne passait que des films français, mais non, il faisait si beau ! C'était bon de marcher au soleil, de remonter la Cinquième Avenue jusqu'à son hôtel. Allait-il lui proposer de l'accompagner jusque... Enfin, quoi, la botte ! Allait-il lui proposer la botte ? Tu vas y passer ma cocotte... ! Ces propos de corps de garde qu'il se tenait à lui-même, pour se donner du courage... Trop bien, elle était trop bien, intelligente, elle avait trop d'humour, ça ne marcherait pas. Il fallait un peu de... vulgarité, un peu d'audace, de complicité, au moins les mots, un peu verts, les mots... Elle marchait à son côté et ma foi oui, elle entrait à sa suite à l'hôtel, elle allait donc l'accompagner dans sa chambre... ? Il n'arrivait pas à croire à sa *bonne fortune*... Toujours surpris par ses conquêtes... Il avait été presque soulagé et en même temps déçu quand, arrivé devant les ascenseurs, elle l'avait accompagné jusque-là, elle lui avait dit au revoir... Une poignée de main, franche, à bout de bras... Qu'est-ce que vous aviez cru ? Qu'est-ce que vous aviez imaginé ?... Et, d'un élan, elle s'était jetée vers lui, l'avait embrassé au coin des lèvres, s'était détournée, engagée dans la porte à tambour donnant sur la rue... Quelle déception ! Vous vous étiez si bien entendus ! Elle savait que tu ne faisais que passer, que tu repartais dans deux jours pour Paris... Et, elle aussi... Alors, pourquoi non ? Par quel absurde souci des convenances ? « Seize the day », comme dit le romancier... Qui? Saul Bellow, romancier juif dont ils avaient parlé, qu'elle admirait... C'était ce qu'il fallait faire... Nous vivons une époque où le bonheur doit être saisi par les cheveux, comme la fortune... Un casque de cheveux noirs, noir d'ébène, c'est vrai, peu de prise... Ils savaient cela, l'un et l'autre, rescapés de la guerre qui étendait encore son ombre sur l'Europe... Il lui en avait voulu de cette défection, cette fuite... Ainsi, comme toutes les autres? Leur dignité!... Nous ne cédons pas tout de suite... Alors que c'est cela qui vaut la peine... Ni vu ni connu, le temps d'un sein nu... Eh bien! tant pis, vous ne savez pas ce que vous perdez! Au revoir, madame, adieu, chère madame, mes hommages... Mon meilleur souvenir... Rentrez à San Francisco auprès de votre mari... L'aiguille de l'ascenseur tournait, la porte s'ouvrait, il s'était engouffré à l'intérieur... Quel étage? Vingtième étage... La femme de chambre, métisse, noire, portoricaine, était plaisante... Serait-elle encore à l'étage? Peau noire, ambrée... Un regard qui ne fuyait pas... A quelle heure finissez-vous votre travail? Pas un mot... Le temps d'un sein nu... C'était un hôtel protégé par la maffia.

« Vous me parliez d'un cocktail littéraire à New York, dit la femme aux gants de laine rouge. Vous y avez rencontré une femme, une Autrichienne...

– Je vous ai dit qu'elle était autrichienne?

– Oui, vous l'avez dit.

– ... Je pense que nous vivons une époque où le bonheur doit être saisi tout de suite.

– " Seize the day ".

– Ah! vous connaissez?...

– Parlez-moi d'elle.

– Elle m'a raconté sa vie... On raconte facilement sa vie à quelqu'un que l'on ne pense pas revoir... Elle avait quitté Vienne avec sa famille quelques mois avant la guerre, ils s'étaient réfugiés en France en 1939. C'était encore une enfant.

– Elle était juive?

– Oui. Mais...

– Tiens, dit la voisine de Martin, nous sommes arrêtés.

– C'est ma foi vrai. Il y a longtemps? Je parlais, je parlais... Les à-coups de ces dernières minutes annonçaient sans doute cet arrêt?

– Cela vient d'arriver à l'instant.

– Mais, dit Martin, se penchant pour regarder vers le fond de la vallée, que se passe-t-il? C'est une panne? J'espère qu'elle ne va pas durer longtemps. Est-ce que...

– Ne vous agitez pas. Il n'y a pas lieu d'avoir peur.

– Je n'ai pas peur, mais avouez que c'est impressionnant d'être ainsi immobilisés au-dessus du vide... Est-ce la première fois que vous prenez ce télésiège ? Moi, oui... Entre nous, je l'ai trouvé vétuste... Mais nous sommes... »

Il y eut une secousse assez forte comme si le télésiège allait repartir, mais il ne bougea pas.

« C'est très désagréable, dit Martin. Nous devons être à peu près à mi-chemin... Et si... ? Les arbres, au-dessous de nous, amortiraient le choc... Ah ! je n'aime pas cela du tout.

– Imaginez que vous êtes en avion.

– Je déteste l'avion. Quand je prends l'avion, je cherche à repérer, parmi les voyageurs, une jolie femme, je joue des pieds et des mains pour m'asseoir à côté d'elle ; s'il y a un accident, il me semble qu'il me sera moins pénible de mourir à côté d'une jolie femme... C'est en somme la situation où je me trouve en ce moment.

– Je vous remercie du compliment. Mais il n'y a pas de danger de mort, Dieu merci... ! Et je vous ferai remarquer que les places en avion sont attribuées dès le contrôle des billets...

– Oui, aujourd'hui, c'est vrai.

– Parlons, parlons : le temps passera plus vite.

– Que vous raconterais-je ?

– Eh bien, racontez-moi ce qui s'est passé entre vous et la jeune juive autrichienne rencontrée au cocktail... Vous m'avez dit qu'elle était juive ?

– Elle ne parlait jamais de son origine.

Comme si... Enfin, elle n'en parlait jamais. Elle ne voulait être qu'autrichienne.

– Donc, vous l'avez revue?

– Je lui avais donné un premier rendez-vous pour déjeuner, le lendemain du cocktail, et elle y est venue. mais elle n'est pas venue au second, le jour suivant, à mon hôtel. Je l'ai cherchée deux jours dans New York. J'ai enquêté auprès d'amis dans le journalisme et l'édition, susceptibles de la connaître... Mais, en dépit de tous mes appels téléphoniques, je n'ai pu la joindre. Je vous ai dit qu'elle habitait San Francisco : sans doute y était-elle repartie? Au cours d'un autre voyage, un an plus tard, j'ai obtenu son adresse à San Francisco. Alors, j'ai pris l'avion pour aller la retrouver.

– Vous faisiez des choses comme cela?

– Oui. Je m'en étonne moi-même, trente ans après. Un regard, un sourire, quelques mots échangés suffisaient : c'était une promesse de bonheur... Je prenais le train, l'avion, sans être certain de revoir cette femme qui m'avait plu, pour laquelle je me sentais prêt à faire des folies.

– Oh! prendre l'avion, ce n'est pas faire une folie.

– " Touché "! comme disent les Américains.

– Et vous étiez sûr de la retrouver? Qu'elle vous ferait bon visage?

– Je tentais ma chance... »

Il y eut une nouvelle secousse, plus forte que les précédentes, mais le télésiège ne bougea pas davantage.

« Cela devient inquiétant, dit Martin. Combien de temps allons-nous rester ainsi suspendus entre ciel et terre? Va-t-on venir à notre secours? Mais comment? On ne peut pas dresser des échelles à notre hauteur... Un hélicoptère, c'est la seule façon... On nous lancerait un câble...

– Oh! s'écria la voisine de Martin en riant, cela me rappelle une publicité que j'ai vue, hier soir à la télévision, sur une chaîne française, avant d'aller au dîner... Cela se passe dans un grand téléphérique, un vaste monte-charge où il y a une vingtaine de skieurs. Une dame s'approche de l'employé chargé de faire fonctionner l'appareil et lui dit, d'un ton enjôleur : " On fait un caprice? – Ici? " demande l'employé, surpris, montrant la masse compacte des skieurs. La jeune femme agite la tête pour dire : " Oui. " Alors, l'employé du téléphérique pousse une manette et le fond de la cabine s'ouvre comme une trappe et les skieurs tombent d'un bloc sur la piste... Seuls tous les deux, la femme et l'employé s'embrassent, se caressent sur une banquette, au fond de la cabine, et la jeune femme sort un fromage qu'ils mordent à pleines dents. C'est cela le " caprice ". Une marque de fromage : " Caprice des dieux "... C'est drôle, non? Vous n'avez pas l'air de trouver cela drôle?

– C'est-à-dire... Dans la situation où nous nous trouvons... Il y a eu pas mal d'accidents de téléphérique depuis quelque temps. Je ne suis pas sûr que cette publicité soit d'un très bon goût... Et vous n'avez pas de fromage.

– Oh! regardez mes amis », dit la femme aux gants rouges.

Se tournant vers le haut de la pente, la passagère et Martin virent, dans le télésiège qui suivait le leur, la jeune femme étreignant des deux bras son voisin, la tête enfouie contre son épaule.

« Elle a peur, dit Martin.

– Mais non! Ce sont de jeunes mariés... C'est un geste d'affection, tout simplement.

– J'espère qu'ils vont s'arrêter là.

– Ils ne peuvent guère en faire davantage.

– L'amour en plein ciel! C'est tentant.

– Mais inconfortable.

– Il y a bien des façons... »

Ils se turent un long moment. Le vent soufflait faiblement autour d'eux. Il leur sembla entendre, du fond de la vallée, sans doute de la gare de départ qu'ils ne pouvaient voir, une voix amplifiée par un porte-voix prononçant des mots chassés par le vent, qu'ils ne pouvaient comprendre. Cherchait-on à rassurer les passagers les plus proches...?

« L'an dernier, la panne a duré une heure, dit la femme aux gants rouges.

– C'est gai ! Et si nous sommes bloqués ainsi pendant toute la nuit ?

– Nous essaierons de dormir. »

De nouveau, le silence de la montagne les enveloppa. Martin s'agita un peu sous la couverture, puis se calma. Il avait posé ses deux mains à plat sur les genoux.

« Parlons, dit la voisine de Martin. Racontez-moi votre voyage à San Francisco. Comment avez-vous retrouvé la jeune Autrichienne ?

– Comment je l'ai retrouvée ? Mais de la façon la plus simple du monde : elle suivait un cours que je donnais à Berkeley, à l'Université de Californie.

– C'était donc pour enseigner que vous êtes allé en Californie. Non pour retrouver cette jeune femme.

– Je l'admets. Je vous ai menti. Mais il est vrai que, si j'ai accepté l'invitation de Berkeley, c'était dans l'espoir de la revoir.

– San Francisco est grand.

– Mais j'étais certain qu'elle fréquentait les milieux universitaires.

– Donnons-lui un nom à cette jeune personne, depuis le temps que nous parlons d'elle. Ce sera plus facile.

– Elle avait un très joli nom : Elena.

– Sans doute avait-elle appris que vous alliez faire ce cours. Sur quoi ?

– Les familles politiques de la France.

– C'est vrai que c'est votre spécialité. Et vous pensez qu'un tel sujet, plutôt austère, l'intéressait ?

– Les juifs s'intéressent à la politique. Ils sont rompus à la dialectique. Et la politique, c'est la dialectique... Et puis, elle était amoureuse de la France. Pourquoi ? Je ne l'ai pas très bien compris, car elle n'a pas trouvé grand appui chez nous – si ce n'est que, grâce à la zone non occupée délimitée par une ligne de démarcation, en 1940, elle et sa famille ont pu fuir à temps pour le Portugal. La France leur a offert une étape, un abri provisoire... C'est un fait : elle aimait la France, parlait très bien le français.

– Vous avez dû être surpris de la voir à votre cours.

– C'est-à-dire... D'abord, je ne l'ai pas reconnue. Oh ! cela n'a duré que quelques instants... Mais c'est vrai que, pendant une seconde ou deux, je ne l'ai pas reconnue. Et vous savez pourquoi ?

– Elle avait changé de visage ?

– Vous l'avez deviné : elle s'était fait refaire le nez. »

... Au début cela lui avait procuré une gêne : l'impression de parler à une inconnue. Devenue une *nasone,* comme disent les Italiens... Une secte, une confrérie... Se reconnaissent entre elles, se transmettent des noms de chirurgiens, car c'est souvent à refaire... Et pour l'entretien du nez, plus fragile, plus facilement enrhumé... Une blessure, en somme... Le regard lui-même était changé, l'écart des yeux... Il ne comprenait pas le pourquoi de cette opération, car enfin son nez précédent, celui de New York, du Sherry Netherland, son nez européen, un peu fort, légèrement busqué, lui allait très bien... Jamais grand nez n'a détruit... Les narines, bien dessinées, bougeaient, palpitaient, c'est le mot, quand elle parlait, signe de sensibilité, excitant, prometteur, et ce nez retombait sur la lèvre supérieure trop courte, comme toujours chez les très jolies femmes – c'est Tolstoï qui dit cela –, équilibrait le visage allongé aux pommettes saillantes, le menton pointu, l'écart des yeux jaunes... Enfin, noirs ou jaunes ? Les deux. Noirs avec un reflet jaune... Jaune tabac... Où avait-il lu qu'il faut se méfier des femmes aux yeux jaunes ? Charlotte Rittenmeyer n'a-t-elle pas les yeux jaunes ? Vérifier. Beetween grief and nothing, I'll take grief : c'était bien la phrase essentielle, elle expliquait toute l'œuvre... La mémoire, le souvenir... Mémoire d'un peuple pourchassé, traqué, emmené en esclavage depuis l'Antiquité... Mais c'était lui qui mettait du pathétique dans ce regard si profond, car il se souvenait de ses tribulations, celles de son peuple, qu'il ne connaissait pas autrement que par la Bible de son enfance... Elle était la Sulamite. Ou bien Judith, ou Bethsabée... Il savait à quels dangers elle avait échappé. Elle ne riait jamais. On ne pouvait appeler rire le son de gorge bref, sorte de hoquet, de soupir qu'elle émettait, tout de suite réprimé. Cela l'avait frappé, déjà, à New York... Comme s'il avait été indécent de rire franchement, d'éclater de rire. Silencieuse, lointaine, mystérieuse comme l'Orient... Pour toi, idiot, tout le monde s'y promène, dans l'Orient. Sans déserts, sans ennui... I'll take grief...

« Et quel effet cela vous a-t-il fait ? C'était réussi ?

– Quoi ? De quoi parlez-vous ?

– Du nez ! Ce nez refait, au point que vous ne l'avez pas reconnue tout de suite.

– Oh !... C'était très réussi. Le nez était plus petit, naturellement, droit... En somme, on pouvait dire qu'elle était plus jolie... Mais je ne crois pas que cette opération était nécessaire. Les femmes sont étranges : elles ne savent pas que c'est souvent par un défaut qu'elles nous plaisent.

– C'était à elle-même qu'elle voulait plaire. Pour elle seule qu'elle a voulu modifier son visage. C'était un symbole de sa nouvelle vie, une tentative de rupture avec son passé... Un besoin de renaître.

– ... Oui... Sans doute... »

... Mais elle ne parlait que de ce passé, c'était bien ce qui l'avait surpris, dès leur première rencontre et, de nouveau, quand ils se retrouvaient après son cours. Cela aussi l'avait agacé, lui qui s'émerveillait de la beauté de cette ville, si différente de New York... Tout l'amusait, le sollicitait, de cette civilisation qu'il découvrait... L'Europe la tenait toujours. Même, il avait cru sentir qu'elle avait du mépris pour la vie américaine, en dépit des avantages qu'elle lui procurait. Par exemple, la Studebaker, offerte par son père qui avait sûrement sauvé une partie de sa fortune, elle leur avait été bien utile. Sans voiture, sur la côte Ouest, on est infirme... Sans elle, tu n'aurais pas pu circuler dans le pays... Tu n'aurais pas connu Monterey et la rue de la Sardine... Ni Fresno, pays de la figue... Fresno où... Mais une autre fois...

« Pourquoi était-elle allée faire ses études en Californie, puisque sa famille habitait New York? Peut-être ne s'entendait-elle pas avec sa famille? Est-ce que vous vous rappelez si elle vous l'a dit?

– Elle avait suivi son mari.

– Elle s'était donc mariée?

– Oui. Et ce mariage avait été d'un romanesque extraordinaire. Quand elle me l'a raconté, je m'étais dit qu'un romancier n'aurait pu inventer pareille aventure... Cette succession de hasards, de chances au milieu des périls...

– Racontez-moi. Mais sans doute ne vous en souvenez-vous pas ?

– J'ai une bonne mémoire... Tout avait commencé à Nice où Elena et sa famille se trouvaient. J'y étais aussi, au lendemain de la défaite. Je traînais dans les rues, ne sachant que faire, ni où aller... J'aurais pu la rencontrer au milieu des réfugiés qui arpentaient la promenade des Anglais... Où il n'y avait plus d'Anglais... Mais c'était encore une enfant...

– Tous ces gens cherchaient à fuir.

– Je n'étais pas très conscient du drame qu'ils vivaient, et...

– Mais comment ! dit avec violence la femme aux gants rouges. Vous n'éprouviez aucune compassion pour le sort de ces gens chassés de leur pays ? Vous aviez tout de même entendu parler des persécutions contre les juifs !

– On peut vivre au milieu d'un drame sans le voir, si l'on n'est pas directement concerné par lui... Et je vivais un autre drame : celui de la défaite de la France... Mais surtout : je rêvais. J'ai passé ma vie à rêver.

– C'est facile !

– Les réveils sont parfois pénibles.

– Et ce mariage ?

– Dans mon souvenir, il y a des pans de l'aventure qui se sont effondrés, comme des morceaux de fresques... Je ne suis pas sûr de tout me rappeler. Je vais essayer... Je crois qu'Elena et sa famille ont passé le premier hiver de guerre à Nice. Puis ils ont cherché à fuir et ont abouti dans un village des Pyrénées, comme beaucoup d'autres... Comment ont-ils pu franchir la frontière, ça je ne le sais pas... Toujours est-il qu'ils ont atteint Lisbonne. Et, à Lisbonne, ils ont trouvé place sur un paquebot brésilien, en route pour Rio. A Rio, ils y sont restés deux ans, je crois, ils habitaient Copacabana... Elena m'a dit qu'elle avait été là très heureuse, en dépit de tout... Elle découvrait la vie, les garçons, elle se baignait sur la plage... Il y avait une petite communauté de réfugiés : ils essayaient d'oublier la rigueur des temps.

– C'est vrai. On peut avoir des moments de bonheur au milieu du pire malheur... En France aussi, je suis sûre, sous l'occupation...

– Sous la Terreur, dans les prisons, des gens s'aimaient... Je crois qu'Elena, à Rio, a été amoureuse... Mais Rio n'était qu'une étape. C'était à New York que voulait aller son père. Des amis les y attendaient. Des parents peut-être... Un compte en banque. Ils ont trouvé un bateau pour New York, en 43. New York, c'était la terre promise.

– Ils étaient juifs, c'est vrai.

– Pour tous les Européens, New York, à cette époque, était la terre promise... On les a fêtés.

Un soir, à une réception, Elena a rencontré un garçon, autrichien lui aussi, dont le père avait été ministre de Dollfuss... Dollfuss, le petit chancelier, assassiné dans son bureau... Je crois voir une photo de lui, allongé sur un canapé, couvert de sang... Ils ont confronté leurs souvenirs, Elena et ce garçon, et ils se sont aperçus avec stupeur qu'ils avaient parcouru le même chemin, pris le même bateau brésilien de Lisbonne à Rio, qu'ils avaient vécu au Brésil, l'un près de l'autre, sans se rencontrer et que c'est aussi sur le même bateau, toujours sans se voir, qu'ils avaient gagné New York. N'était-ce pas incroyable, la similitude de leurs destins? Le père du jeune homme, l'ancien ministre de Dollfuss, lui, était mort à Rio et d'une façon très dramatique, elle aussi : le jour de la fête nationale de l'Autriche, au cours d'une réception entre amis, il s'était mis au piano pour jouer un air de Richard Strauss, et son cœur avait éclaté... Elena se rappelait avoir entendu parler de la mort de ce compatriote, mais elle ne se doutait pas qu'elle rencontrerait à New York son fils – qu'elle aurait pu rencontrer ailleurs... Alors, ils se marièrent.

– Il est vrai que tant de hasards ne pouvaient que se prolonger par un mariage, puisque le mariage, c'est aussi un hasard.

– Elle avait donc suivi son mari en Californie, alors que ses parents se fixaient près de New

York. Mamaroneck, je crois. Ou Pelham. Ou New Canaan... Voilà l'histoire. Une belle histoire. »

... Il ne se lassait pas de l'entendre la lui raconter, quand ils se retrouvaient après son cours, dans l'un des drugstores proches du campus dont ils voyaient la tour édifiée au milieu des bâtiments, copie du campanile de la place Saint-Marc de Venise et d'où un étudiant fou, peu de temps avant que vous ne traversiez le campus, armé d'un fusil de chasse, s'était mis à tirer sur les passants, tuant deux étudiants... Vous l'aviez échappé belle, disait-elle avec ce hoquet qui était son rire à elle... Venir de si loin pour se faire canarder par un fou, après avoir frôlé tant de morts possibles, sur terre et sur mer, c'eût été trop bête! C'est ce qu'ils se disaient devant une tasse de l'exécrable café américain, aussi mauvais sur la côte Ouest que sur la côte Est... Ils évoquaient indéfiniment leur rencontre de New York, il lui disait sa déception quand elle l'avait quitté, dans le hall de son hôtel, devant les ascenseurs... Justement parce que c'était imprévu, qu'ils venaient de faire connaissance, qu'il n'y avait pas d'avenir, elle aurait dû le suivre... Elle en convenait, elle avait hésité mais craint que l'aventure ne l'entraînât loin de Mamaroneck, encore plus de San Francisco... Elle était devenue une autre femme. C'est pourquoi elle avait voulu cette mutilation de son visage... C'était du moins ce qu'il s'était dit, sans avoir osé lui en parler, fût-ce par allusion et elle non plus n'en avait rien dit. « Est-ce que que vous m'avez trouvée changée? » Ou quelque chose comme cela... C'était comme si elle avait toujours eu ce même visage. Il avait respecté la convention... Il lui disait : c'est pour vous retrouver que je suis venu en Californie et elle faisait semblant d'y croire. Deux ou trois étudiants, toujours les mêmes, les accompagnaient au drugstore, mais ils avaient vite compris qu'ils préféraient rester seuls et ils s'éclipsaient... Sauf Lila, qui s'incrustait et avait mis du temps à comprendre... Alors, elle lui racontait son enfance à Vienne et lui décrivait l'Autriche d'autrefois, celle d'avant 14, qu'elle idéalisait à partir des souvenirs de ses parents... Elle vantait les mérites de la double monarchie. L'un de ses oncles avait été anobli par l'empereur. Ma parole! elle était monarchiste, elle avait une dévotion pour le vieux Franz-Josef allant à pied chaque matin prendre son petit déjeuner chez sa maîtresse... Là, tu brodes, tu ne crois pas? Est-ce que ce n'était pas touchant? Elle aurait aimé rencontrer Zita de Bourbon-Parme, dernière impératrice d'Autriche et reine de Hongrie, qui vivait dans ce pays, les Etats-Unis d'Amérique, elle ne savait où, réfugiée comme elle... Elle ne parlait jamais de son origine juive, alors qu'il aurait souhaité l'en faire parler, il était plein de ces problèmes qu'il évoquait dans ses cours : l'affaire Dreyfus, les mouvements fascistes d'avant-guerre, la création de l'Etat d'Israël... Mais elle se refusait à le suivre sur ce terrain. Même, il avait eu l'impression que les juifs l'exaspéraient. Ceux de New York que fréquentaient ses parents... Etait-ce à cause de son mari, le fils du ministre de Dollfuss, qui n'était pas juif? Ici, en Californie, on ne savait rien des gens, d'où ils venaient, quelle était leur religion, ou même s'ils en avaient une... Des religions, il y en avait à la pelle, des gourous dans tous les coins, alors tout cela n'avait plus de sens... C'était ici un autre pays, qui n'avait plus rien à voir avec l'Europe, dont on ne parlait guère – sauf elle, qui en parlait tout le temps. On était ailleurs...

« Mais où êtes-vous?

– Quoi?

– Je vous parle depuis un instant, vous ne faites pas attention à ce que je dis. Vous êtes en plein rêve.

– En plein ciel!

– Bientôt dans les nuages. Ils se lèvent. Il commence à ne plus faire très chaud, dit la dame aux gants rouges.

– Voulez-vous que je vous entoure des deux bras pour vous réchauffer?

– Comme mon amie et son mari, qui nous

suivent ? Que diraient-ils ? Ils nous voient de loin, mais ils nous voient.

– Quelle importance ? »

Le vide, au-dessous d'eux, n'était pas effrayant... Au contraire, si l'on se penchait, on s'y sentait attiré. Il était presque tentant de s'y laisser tomber. La neige aurait amorti le choc... Le double siège oscillait légèrement sous l'effet du vent qui s'était levé. Les passagers pouvaient voir quelques chalets enfouis dans la neige. Des paysans vivaient là, que faisaient-ils pendant tout l'hiver ? Il y avait un chalet plus grand, plus beau que les autres avec un enclos et, dans cet enclos, l'un des beaux arbres aux branches symétriques qui se découpaient sur la neige et qu'il avait déjà admirés.

« Vivre là, dit Martin, comme pour lui-même. Vivre et aimer là... Vie obscure, cachée, loin des vanités du monde... Pour vivre heureux, vivons cachés.

– Pour y cacher quoi ? dit la femme aux gants rouges. Un amour ? Résisterait-il à tant de neige ?

– Le village n'est pas loin. On peut y aller à skis et, sans doute, une route est-elle dégagée, que nous ne voyons pas... Vous n'aimeriez pas vivre ainsi, retranchée du monde ? Avec une bonne bibliothèque ?...

– Et une bonne prune.

– Ah! oui, un " bon pruneau " est indispensable. Et un bon kirsch, pendant que l'on y est.

– Et un bon fromage.

– *Ah! Mesdames, voilà du bon fromage...*
... Il est du pays de celui qui l'a fait...
Et celui qui l'a fait était de mon village...
Ah! Mesdames...

– Qu'est-ce que c'est que cette chanson?

– Un air de mon enfance.

– Vous en connaissez beaucoup d'autres?

– Des tas...

– Eh bien! chantez-les : voilà une façon de passer le temps.

– J'aime mieux vous entendre parler de vous... Car vous ne m'avez pas dit grand-chose sur vous... Est-ce que vous n'avez pas de souvenirs?

– Oh! moi...! Eh bien, figurez-vous que, moi aussi, j'ai suivi des cours à Berkeley. Ils étaient aussi donnés par un professeur français.

– Des cours d'histoire?

– Oui. Et aussi, une autre année, des cours de littérature.

– Et cet autre Français, chantait-il : *Ah! Mesdames, voilà du bon fromage...?*

– Ah! non. Il faisait ses cours sérieusement, lui.

– Sur le " nouveau roman ", je parie.

– Comment avez-vous deviné?

– C'est le pain des professeurs. Il a été fait

pour eux. Pour leur permettre de gloser à l'infini sur la technique, les thèmes... Les auteurs ont placé eux-mêmes dans leurs œuvres des points de repère, pour leur faciliter la tâche... Cela a passé aussi vite que le café.

– Le café ?

– Je veux dire que la mode en est passée.

– Et qu'est-ce qui est à la mode ?

– Je l'ignore... De toute façon, il faut se méfier de la mode. Et des professeurs.

– Mais vous l'avez été ?

– Oui, et j'en garde un très bon souvenir. Et je garde aussi un merveilleux souvenir de San Francisco, où j'allais plusieurs fois par semaine, quand j'enseignais à Berkeley.

– C'est une belle ville », dit la femme aux gants rouges.

Ils se turent, chacun paraissant évoquer ses souvenirs.

... Elle l'avait invité chez elle, à San Francisco. Une belle maison, dans une rue en pente. Mais toutes les rues de San Francisco sont en pente... Que cette ville lui plaisait ! Mais il est vrai qu'alors il n'aimait que les villes... Il y allait sans autre but que de s'y promener dans les rues, d'y côtoyer la foule, dans Market Street, de sauter dans les tramways à crémaillère ouverts à tous les vents, qui s'ébranlaient dans un bruit affreux de ferrailles, de chaînes, de freins, grimpaient en ahanant le long des ruesmonte-au-ciel, s'arrêtaient au milieu d'une place on ne savait pourquoi, le wattman descendait, tirait sur la perche, le véhicule tournait sur une plaque qui lui faisait accomplir une rotation de 90°, le wattman replaçait la perche, il y avait un éclair électrique, un crépitement, un son de cloche et le tram repartait en sens inverse... Un peu comme ce télésiège de malheur, en somme, et tout aussi pittoresque... L'odeur de café torréfié qui l'accueillait à l'entrée de la ville, à la sortie du Bay Bridge... San Francisco était lié pour lui à cette odeur venue d'une usine située près du pont et de la gare des autobus. Et au goût de citron du whisky sour... Mais plus tard, plus tard... Et aux odeurs d'iode des coquillages et des poissons de toutes tailles, aux rougeurs et aux blancheurs laiteuses, étalés sur le marbre des tables, le long de Fisherman's Wharf, et les boniments des marchands, des restaurateurs sur le pas de leurs portes, comme à Marseille... Tous les ports se ressemblaient. A Frisco aussi, comme à Marseille, il y avait dans Market Street des cireurs de chaussures qui s'étaient barbouillé le visage avec leur cirage... Il découvrait tout cela avec Elena, devenue la compagne de ses promenades dans la ville. Dans un petit square, à l'entrée du quartier chinois, ils admiraient la statue d'acier de Sun Yat-sen, frappée au cœur par un rayon de soleil perçant le brouillard qui venait du Pacifique... Dans les restaurants de poissons, ils mangeaient des « homards du Maine », ce qui excitait leur verve. « Voilà bien l'Amérique, disait-elle. Parce que l'on pêche des homards dans le Maine, il faut que tous les homards servis d'une côte à l'autre aient cette provenance, cette estampille, comme s'il n'y avait pas de homards dans le Pacifique! Et ceux-là ont sans doute été pêchés à Monterey, mais il faut qu'ils soient du Maine, venus par avion de la côte Est! » Mais peut-être n'y a-t-il pas de homards dans le Pacifique, il s'était promis de se renseigner et il ne l'avait jamais fait... « Compliqués comme une cathédrale », les homards... Qui a trouvé cette image saugrenue? Quoique, pas si fausse, avec leurs antennes comme des flèches, leur dos en forme d'abside, les bas-côtés... Des cathédrales rouges... Pas de cathédrales sur cette terre de Californie, mais les couvents et les églises des vieilles missions espagnoles... Elle s'était attendrie quand le guide qui leur avait fait visiter la mission fondée par Junipiero Sera leur avait donné les noms des fleurs et des plantes du petit jardin... C'était l'Europe, pour elle, c'était un signe de l'Europe... L'aigle à deux têtes, qu'elle préférait à l'aigle chauve. Elle jouait à l'Européenne civilisée, individualiste, confrontée au grégarisme, à la réclame, à la barbarie américaine. Et il acceptait de jouer avec elle ce jeu, conscient des charmes et des avantages de cette « barbarie » dont ils profitaient. Ils la dénonçaient mais s'y plongeaient avec délices... Le café, sur la place où ils se retrouvaient. Où s'élevait le grand magasin fondé par des Français, ce qui lui procurait un absurde sentiment de satisfaction, presque d'orgueil, alors qu'il se voulait affranchi du chauvinisme français qui fleurissait ici dans tous les organismes officiels, et aimait bien l'aigle chauve tenant des foudres dans ses serres... Mais, quand même, des Français étaient venus jusqu'ici créer des affaires, planter des vignes. Comme au Mexique, les gens de Barcelonnette... ! Curieux peuple (le sien). Sortis de chez eux, ils ne songeaient qu'à y rentrer, fortune faite... Et lui-même... ! Fortune pas faite... Peut-être y en avait-il quelques-uns, de ces maudits Français, à être restés ici ? Se renseigner... Elle l'avait invité chez elle, un soir, son mari absent. La vue à travers les fenêtres du salon s'étendait sur toute la baie et ils étaient restés longtemps à contempler les lumières de la ville, les phares qui s'allumaient sur la côte, le chapelet lumineux des voitures tout le long du Bay Bridge... Quel luxe dans ce salon ! Un luxe européen : commodes, tables, fauteuils d'acajou, canapé, tapis anciens : jamais, en Amérique, il n'avait vu pareil décor... Comment déjà, ce style ? Mais oui, Europe centrale, Biedermeier, poufs, passementeries, glaces dans de lourds cadres laqués noirs, chaises aux dossiers en forme de bois de cerf... « Elles sont autrichiennes, avait-elle dit. C'est moi qui ai meublé et décoré cette maison... Je vous la ferai visiter. J'ai trouvé de jolies armoires peintes de motifs à fleurs, comme dans le Tyrol. Mon mari ne s'intéresse pas à tout cela... Il désapprouve mes recherches chez les antiquaires... De même qu'il désapprouve les cours de français, d'allemand, que je prends à l'Université... C'est ce qu'il appelle " le goulasch "! " Encore le goulasch! " dit-il, quand j'ai rapporté quelque objet ancien au cours de mes prospections. Oh! il dit cela pour me taquiner, avec gentillesse... Il adore l'Amérique. Il est ici très heureux, veut fonder une vraie famille, avoir des enfants... J'attends encore, je peux bien attendre, n'est-ce pas? Je suis jeune... Et puis quand je vois comment les enfants sont élevés dans ce pays... » Il écoutait cette confession avec étonnement. Dans ce décor, ce bric-à-brac d'antiquailles, il ne reconnaissait pas la jeune femme du cocktail new-yorkais, ni du déjeuner au Sherry Netherland, avec son côté aventurière cosmopolite... Il était ici chez une bourgeoise... Ils étaient assis sur le canapé, autrichien lui aussi sans doute, peut-être celui du docteur Freud... Il ne savait pas quelle attitude adopter. Un peu intimidé par ce luxe, écrasé, ligoté par la passementerie... Non, elle ne ferait rien pour lui faciliter les choses, ce n'était pas son style, elle resterait passive, ironique... Et lui, en somme, il n'avait pas tellement envie de la prendre dans ses bras, de l'embrasser... Rompre l'ordonnance de ce beau salon... Froisser des étoffes, déranger des coussins... C'était à New York, dans le décor impersonnel de sa chambre d'hôtel, que, si cela avait dû se passer... L'occasion manquée... Par sa faute... Mais il y avait l'idée qu'il s'était faite de lui-même dans sa jeunesse, ses lectures... le *devoir* de saisir la main de l'objet, comme le petit Julien, petit voyou... Le combat à la frontière. M. de La Fayette a-t-il *eu* Mme de Simiane? La grande, la seule, l'unique question... Posséder... En garde, fendez-vous... Pauvre homme, pauvres hommes condamnés à conquérir... Terrible devoir... Misérable destin... Mépris de l'autre et de soi. Eh bien! il s'était cru obligé de s'exécuter là, dans le salon Biedermeier de San Francisco, mais c'est à peine si tu avais pu supporter le regard si grave de ses yeux noirs... Noirs ou jaunes? Jaunes, enfin tabac... Lèvres closes, à peine entrouvertes... Tremblements, quelle histoire...! Fallait-il vraiment vous exécuter? Vous êtes-vous cru obligé de...? Cela n'a aucune importance pour vous...? Heureusement venait tout de suite après la tendresse... Le regret souriant...

« ... Oui, c'est bien, vous me tenez chaud en mettant vos bras autour de moi, dit la dame aux gants rouges. Remontez un peu la couverture.

– ... Et baissez l'abat-jour.

– Quoi ?

– Rien... Et si... ? Si je vous embrassais ?

– Comme ça ? Ici ? Un caprice ?

– Le caprice des dieux.

– Tenez-vous bien. »

Martin saisit la main, chercha à attirer vers lui sa compagne, mais elle lui résista. Le télésiège fut légèrement secoué.

« Vous allez nous faire tomber !

– Aucun risque, nous sommes bien attachés. Soudés l'un à l'autre. Pour le meilleur et pour le pire.

– Vous ne manquez pas d'audace.

– La situation est exceptionnelle... Vous avez bien compris, hier soir, au cours de ce dîner assommant, que vous me plaisiez.

– Et parce que je vous plais... ? Agissiez-vous ainsi avec la jeune femme de Californie ?

– J'avais trente ans de moins. J'étais jeune, j'étais ardent...

– Il me semble que vous l'êtes toujours.

– Pardonnez-moi. Je suis un vieux fou.

– Mais non !

– Je suis un vieux fou.

– Allons : racontez-moi votre aventure californienne.

– Il n'y a rien à raconter. Je suis un vieux fou.

– Cessez de répéter tout le temps la même chose... Vous n'avanciez pas vos affaires?

– Vous n'avez donc pas compris que je suis un timide?

– Avez-vous été souvent amoureux dans votre vie?

– Tout le temps. Je suis un vieux fou!

– Cessez! Racontez-moi.

– J'ai oublié... »

... Ils s'étaient lassés de ces rencontres au drugstore, après les cours. Il la voyait dans le bureau mis à sa disposition par l'Université. Il y recevait ses étudiants venus l'interroger sur un point du cours et il grattait du papier, il avait gratté du papier toute sa vie... Ou bien il ne faisait rien... Il aimait l'intimité de ce lieu clos, secret, les bureaux bien fermés où l'on s'est retranché du monde, où l'on peut se livrer à des débauches de rêveries, il avait toujours eu besoin d'un lieu de cette nature. Au besoin, une chambre d'hôtel... Bien fermée, cadenassée, seul, enfin seul! Parfois, un collègue du département, un étudiant, frappait à la porte, l'entrouvrait, ce qui ajoutait – quand elle était là – au plaisir de leur intimité, une impression de danger. Il ne se passait rien cependant. Il s'installait à son bureau. Elena s'asseyait sur une chaise, à son côté, à le toucher, et parfois il saisissait sa main posée sur le côté du bureau, il s'enhardissait jusqu'à caresser sa chevelure, à effleurer son cou, l'attache d'un sein. Leurs deux visages, tendus l'un vers l'autre, les yeux dans les yeux. Des minutes entières, des heures entières, les yeux dans les yeux, comme pour enfin savoir, savoir ce qui est au-delà. Derrière la tête, c'est ce qu'on dit. A quoi pense-t-elle? Un peu comme tout à l'heure quand ta voisine et toi vous vous êtes regardés et qu'elle a senti que tu commençais à être inquiet... Elle cherchait à te rassurer... Te dire que tu n'étais pas seul. C'était aussi cela dans le bureau de Berkeley où tu n'étais plus seul. Elle non plus... Vous étiez venus de si loin, de la vieille Europe, seulement pour vous dire que vous n'étiez plus seuls. Quel chemin parcouru! Vos solitudes étaient plus fortes, ainsi vécues au bout du monde, et il y avait un miracle dans votre rencontre... Quelque chose de paradoxal, d'inquiétant... Du romanesque, en somme, c'était le romanesque qui le subjuguait... Elle mariée à un homme invisible... Comment était-il celui-là? Elle refusait d'en parler... Quelques mots échangés, sa voix soudain altérée et ce rire étrange, un hoquet, comme si elle avait été offusquée par ce qu'il venait de dire... Et que disait-il? De quoi parlaient-ils? De ses camarades étudiants, qu'elle ne fréquentait guère... De Lila, qui lui faisait la cour, l'emmenait, le soir, dans sa voiture, jusqu'à ce lieu dans la montagne, au-dessus du campus, à l'orée d'un bois, où les étudiants, c'était connu, venaient faire l'amour dans les voitures parquées presque l'une contre l'autre. Lila avait toutes les audaces et il s'était laissé faire, une fois, deux fois... Il s'en était voulu, comme d'une trahison... Trahison de quoi? Il n'y avait rien entre vous... Face à face, les mains dans les mains... Parfois il lui récitait les vers, si beaux... Il aimait lui réciter des vers comme à celle d'autrefois, quand il avait vingt ans. Mais là, à Berkeley, dans son bureau, il en avait quarante... Et aujourd'hui, vieux fou, combien de plus? Une vie... Comme la vie est lente et comme l'espérance... « Qu'est-ce qui vous plaît en moi », disait-elle. Elle soupçonnait que ce qui l'attirait en elle, c'était son destin tragique... Le destin tragique de son peuple... Et cela l'agaçait, elle voulait être aimée pour elle-même, ses qualités à elle, son goût à elle, toute sa panoplie autrichienne... Elle le taquinait au sujet de Lila l'Intrépide : c'est ainsi qu'ils l'avaient désignée, quand ils en parlaient entre eux. « Est-ce que vous sortez ce soir avec l'Intrépide? » Mais quoi! Elle n'était pas libre, elle devait rentrer chez elle, dans son salon Biedermeier... Et lui n'était que de passage, voué aux amours de passage, comme l'était Lila, Italienne venue dans ce bout du monde elle ne savait pourquoi... Un collègue, un étudiant, parfois, frappait à la porte... « Oh pardon! – Mais entrez... » Et Lila l'Intrépide faisait promptement retraite.

Et elle : « Oh, je suis désolée, que va dire votre flirt ? – Ce n'est pas mon flirt. – Allons donc, tout le monde le sait... Je ne veux pas vous empêcher de vivre votre vie. – Ne soyez pas ridicule... C'est vous, votre vie à vous qui... Vous le savez bien... » Que savait-elle ? Qu'il était amoureux d'elle ? Alors, pourquoi ne pas le lui montrer. Pourquoi cette réserve absurde ? De quoi était-il inquiet...

« ... Oui, ils doivent commencer à être inquiets... Si cela dure encore longtemps mon dîner de ce soir va être fichu... »

Le vent, plus fort, soufflait autour des passagers du télésiège. La tête tournée l'un vers l'autre, ils se regardaient les yeux dans les yeux. Ils ne souriaient plus.

... Des éternels regards l'onde si lasse... Rien ne se passait, mais quand la tension devenait trop forte, d'un commun accord ils se levaient, ils quittaient le bureau, il la raccompagnait jusqu'au parking où elle avait garé sa voiture, ils faisaient ce parcours sans se dire un mot. Deux ou trois fois ils étaient allés au cinéma. C'est avec elle qu'il avait vu *Rashomon*... Le regard du mari ligoté assistant au viol de sa femme par le bandit, elle à demi consentante. Ce regard insoutenable... Il s'était demandé si, devant la souffrance de cet homme, elle avait pensé à son mari... Ce n'était pas son regard à lui, George, quand il avait fait irruption dans la maison, un soir que... Mais alors, déjà, ils s'étaient embrassés et ils y mettaient une passion qui le comblait, l'épuisait... Elle, partie, il se reprochait ces séances merveilleuses et absurdes dans son bureau... Pourquoi en restiez-vous là? Peut-être avais-tu tenté de la toucher, et un recul de tout son être t'avait-il glacé? Il ne savait où l'emmener, il n'osait pas l'inviter à l'accompagner dans son hôtel, un petit hôtel, près du campus, où ils ne pourraient entrer sans être vus, il ne voulait pas lui infliger la gêne de passer devant le bureau de la réception et la fille, toujours là, qu'il connaissait bien, avec qui, chaque jour, il échangeait quelques mots... Son sourire équivoque... Toujours seul? Et l'attente devant l'ascenseur, sous le regard de Georgina souriante (elle s'appelait Georgina, nice day... Beautiful day... Spring is coming... Rousse, elle était rousse...). Et elle ne l'invitait plus chez elle, dans son bel appartement de San Francisco comme elle l'avait fait quand ils se connaissaient à peine... Redoutait-elle sa faiblesse? Refusait-elle l'idée de céder dans sa propre maison, sous le toit de son mari, dont elle ne lui avait jamais plus parlé après avoir raconté leur odyssée à travers les mers et les continents? Le mari ligoté... Le romanesque de cette longue fuite hors de l'Europe en guerre l'avait si fort impressionné que c'était peut-être la cause de son inexplicable réserve (à ses propres yeux...). Mais, un soir qu'ils avaient dîné à

San Francisco, elle s'était décidée à l'emmener chez elle... Il était tard... Le salon à peine éclairé, encombré de meubles lourds dans l'ombre, sofas, piano laqué noir... cachemires... Une gêne insensible... Il faut se voir de près... Alors, tu te décides enfin, ma vieille, ma fille, chère Elena, chérie, ma très chérie... Comme ça? Ici? Sur le divan du père Freud? A la hussarde? Pas dans la chambre, tout de même... Elle avait mis un disque, et ils s'étaient mis à danser au milieu du salon sur un air d'avant guerre, *Tea for two* or something like that, contournant canapés et fauteuils, les heurtant au passage, bougeant à peine, les doigts sur sa nuque, vos corps mêlés et vous aviez entendu un bruit, le bruit de quelqu'un qui entre dans la maison, vous aviez eu le temps de vous écarter l'un de l'autre, la porte du salon s'était ouverte et il était entré... On ne voit rien ici...! J'allume, vous permettez? Et ce qui l'avait frappé tout de suite, c'était sa jeunesse, son allure, sa beauté de grand homme blond et une pensée l'avait immédiatement traversé : « Mais pourquoi? Que cherche-t-elle? Que veut-elle? Bien plus jeune que toi... Bien mieux que toi... Plus beau, plus riche. » Elle avait affecté un air las, comme si cette confrontation ne la concernait pas... Comme si ce qui pouvait en résulter lui était indifférent. Et avec un parfait naturel, elle les avait présentés l'un à l'autre. Sans aucun doute, George connaissait son existence... Une nouvelle recrue de l'Université... Elle raffole de vos cours... Elle s'était éprise de toi comme elle s'éprenait de tout ce qui venait d'Europe. George avait accepté cette nouvelle lubie comme il avait accepté les précédentes, sûrement il y en avait eu d'autres... Il avait déjà eu à faire face à des situations semblables... Mais quelle femme était-elle ? Qu'avaient donc les femmes ? Qu'est-ce qu'elles voulaient ? Qu'est-ce qu'elles cherchaient ? Alors, quoi ? Un beau mari, de l'argent, un salon encombré de beaux meubles, ce n'était pas encore assez ? Une ville superbe... Une grande université toute proche, d'excellents professeurs, j'ose le dire... Quoi, en plus ? Tout de suite, il avait éprouvé de la sympathie pour ce mari, il en aurait fait son ami. Il avait des choses à lui apprendre sur ce pays où il travaillait, qu'il aimait, lui, il ne regrettait pas l'Europe, lui, ni ses anciens parapets éventrés, écroulés sous les bombes incendiaires... Et souriant, très à l'aise : « Vous ne buvez rien ? J'arrive de New York. Excusez-moi, je n'ai pas eu le temps de te prévenir... Connaissez-vous le champagne californien ? Je vais vous en faire goûter, vous verrez qu'il n'est pas mal du tout. – C'est de la bibine, avait-elle dit. Tu n'as pas de champagne français ? » Et lui, Martin, protestant : « Mais si, j'aimerais goûter un produit de ce pays. Il vient sans doute de Napa valley... J'ai visité... » Etc. Vous étiez assis sur le sofa qui tenait presque toute la place et pendant que son mari s'était éclipsé à la recherche de la bouteille et des verres, elle ne lui avait pas jeté un seul regard... George s'était assis entre eux deux, avait rempli les verres... Cheers!... Le premier verre bu, il n'avait eu qu'une envie, celle de s'en aller, et il s'était enfui « à l'épouvante », comme disent drôlement les Canadiens français, pour ne pas dire « à l'anglaise »... A peine poli... Ils n'avaient pas tout de suite parlé de cette soirée, quand il l'avait revue, trois jours plus tard. Mais dès qu'il y avait fait allusion, elle lui avait coupé la parole : « George est parti ce soir pour Los Angeles... Il voyage de plus en plus... Je me demande si nous n'allons pas déménager et nous installer à New York, je le regretterai car j'aime beaucoup ma maison, je me plais dans cette ville... George vous a trouvé très sympathique... Il veut vous inviter à son club, qui est amusant bien que l'on n'y rencontre que des hommes d'affaires... Il y a une table d'hôte, vous verrez... » L'écoutant, il se posait toujours la même question : « Mais qu'est-ce qu'elles ont? Que veulent-elles...? » Et, ce jour-là, dans son bureau où il n'avait pas même osé la toucher, elle avait dit (avec défi? ou bien était-ce lui qui avait cru sentir du défi dans cette phrase?...) : « Emmenez-moi à votre hôtel. » Le campus traversé, guettés par le tireur fou en haut du campanile, pas fier, pas sûr de lui, la rue franchie ils s'étaient trouvés devant l'hôtel, ils étaient entrés et quand il avait vu, de loin, la fille rousse à la réception, qui le regardait en souriant, d'un air de dire : « Ah ! enfin ! De la visite... », il s'était arrêté sur le seuil... « Non. Allons au bar. » Comme, deux ans plus tôt, dans le hall du Saint-Régis, quand elle l'avait quitté brusquement. Ils avaient pris un coke, oui, un coke, et elle était partie tout de suite avant même d'avoir fini la boisson... C'était raté. Il avait pourtant rêvé l'avoir dans sa chambre, sans défense, livrée à sa merci, ils avaient parcouru une si grande distance pour se retrouver ainsi au bout du monde, c'était ici le bout du monde, le leur, celui de leur mémoire... Pourquoi s'entendait-il mieux avec l'Intrépide, qu'il n'aimait pas, qui n'avait rien à lui dire, tandis que la petite juive de Vienne avait tant de choses à lui dire. Sa mémoire était aussi la sienne, puisqu'ils s'étaient trouvés dans la même ville, à une heure tragique de l'histoire... Elle lui disait : « Avant la guerre, avec mes parents, nous allions passer quelques jours sur la Riviera française (elle disait : “ La Riviera ”. O Pauvre Scott ! O Daisy... !). Je me rappelle le train de luxe qui nous conduisait à Venise, nous allions d'abord à Venise, mais mon père aimait beaucoup Nice et la Riviera française, il aimait parler le français, nous allions à Antibes, qui est une très jolie petite ville... Je me rappelle les remparts qui dominent la mer, il faudra que j'y retourne... » Il ne se lassait pas de l'écouter, il l'imaginait petite fille dans les rues du vieil Antibes...

« A quoi pensez-vous? Vous rêvez?

– Quoi?

– Je vous demande si vous rêvez, vous êtes resté longtemps sans parler...

– Oui, je crois que je rêvais.

– Le vent s'est levé! Il faut forcer la voix pour se faire entendre.

– Je me demande combien de temps nous allons rester ainsi. Vous n'avez pas froid?

– Non, dit la dame aux gants rouges. Mais je commence, moi aussi, à en avoir assez. Et si ce n'était pas une simple panne? Et si le câble se rompait? Est-ce que vous pensez parfois à la mort? Moi, j'y pense souvent. Mais mourir dans un accident de télésiège, ce serait trop bête. »

Le vent secouait légèrement le télésiège.

« Vous ne dites rien?

– Quoi?

– Vous rêvez encore? Je disais qu'il vaudrait mieux sauter dans le vide... Oh! ils essaient de faire repartir la machine et n'y arrivent pas... Cette secousse était désagréable.

– J'espère que nous n'allons pas repartir à toute vitesse et nous jeter les uns sur les autres.

– Mais non! Ce rythme...

– Cette fois-ci j'ai bien cru que nous allions repartir... »

Mais, la secousse passée, rien ne bougea. Les passagers se regardèrent. Ils voyaient la neige au-dessous d'eux, qui devenait grise et le bois de sapins noirs, et les toits des quelques chalets éparpillés sur la pente de la montagne. Il n'y avait plus de skieurs sur les pistes. Le ciel, au couchant, par-dessus la montagne, devenait rose avec des traînées de sang.

... Souvent, ils avaient regardé le soleil se coucher derrière les collines de la ville, quand le brouillard venu du Pacifique n'était pas trop épais, au point de noyer tout le paysage... Ils empruntaient une route au-dessus du campus pour atteindre un point d'où l'on avait une vue sur la baie, la ville, les ponts, et ils attendaient que la nuit soit entièrement tombée pour voir s'allumer les lumières. Ils restaient ainsi l'un près de l'autre, parfois il la serrait contre lui, d'un bras enveloppant ses épaules. Elle était encore une enfant, confiante, et il éprouvait le besoin de la protéger... Peut-être avait-elle besoin d'un homme fort pour la protéger... ? Un père... Son père, elle en parlait souvent... Et George, si jeune, ne remplaçait pas ce père... Ils se taisaient, saisis par la beauté et le mystère de la nuit. Il l'interrogeait sur sa vie d'enfant, ses vacances à Venise avec ses parents, ses souvenirs de l'Opéra de Vienne; très tôt ses parents lui avaient fait connaître des opéras et elle aurait aimé lui faire partager ses goûts, ses admirations, lui qui ne connaissait pas d'opéras, sauf *Carmen*, il aimait bien *Carmen*, l'air des contrebandiers et l'amour, l'amour! et aussi l'ouverture de *L'Arlésienne*, la Marche des rois. « *De grand matin, j'ai rencontré le train...* » Ce train qui le surprenait toujours un peu, le train bleu qui va vers la Provence, les fifres, il aimait surtout les fifres, Noël de Provence avec les rois mages, Gracieux et Gracieuse, le Rémouleur... Voilà les opéras qu'il connaissait, mais quand elle parlait de *La Bohème*, de *Don Carlos*, elle sortait de cette indifférence, cette sorte d'indifférence envers les gens, les idées, la politique par exemple, lui qui en était plein, qui en parlait dans ses cours... Ce n'était pas une attitude qu'elle affectait, cette indifférence semblait profonde et il s'était dit qu'elle tenait sans doute aux épreuves qu'elle avait traversées, au regret d'avoir quitté son pays où elle avait été heureuse... Peut-être au fait qu'elle s'était mariée sans éprouver un amour véritable pour son mari, comme si elle n'avait pu résister à l'attrait du romanesque de leur rencontre et pour sacrifier à une idée de son destin... Il y avait les opéras dont elle voulait à toute force lui faire entendre les disques, chez elle où elle l'invitait de nouveau, toujours en l'absence de George... Il y avait aussi les livres qu'elle aimait et voulait lui faire lire. Pour lui plaire, il avait lu *Le Loup des steppes* de Hermann Hesse, dans une traduction anglaise, ce qui n'arrangeait rien... Mais il avait aimé ce roman d'un juif autrichien monarchiste, fidèle aux Habsbourg, l'espèce n'était donc pas unique, qui était mort à Paris à la veille de la guerre, est-ce que l'archiduc Otto n'était pas venu à l'enterrement, ou n'avait-il pas, au moins, envoyé ses condoléances, ou ne s'était-il pas fait représenter, ou...? Un peu ivrogne, non, cet écrivain? Ou bohème.. Et peut-être même de Bohême, du Quadrilatère de Bohême, qu'il dessinait d'après les cartes de géographie, dans ses compositions d'histoire.. Les problèmes des Balkans... Le sandjak de Novi Bazar... Est-ce qu'elle connaissait...? Non, évidemment... Eh bien! ce roman, quel titre...? Impossible de s'en souvenir... Le titre d'une marche militaire, quelque chose comme *Sambre et Meuse*... Il y avait aussi Musil, qu'il n'avait pu lire jusqu'au bout... Qui encore? Broch, Hermann Broch, *La Mort de Virgile*... Et chez elle, dans le petit salon, il y avait trois reproductions de tableaux de Klimt, femmes à la tête penchée sur l'épaule, engoncées dans des robes richements ornées, disparaissant sous des châles, chasubles, oripeaux, carrés, losanges, noirs, verts, rouges... Figures hiératiques, chevelures défaites, yeux bridés noirs, un peu comme les siens, figures de vitrail curieusement érotiques...

Art décadent, fin de siècle, fin d'un empire, d'un monde agonisant au bord du Pacifique par la volonté paradoxale d'une petite juive qui... Radetzky! *La Marche de Radetzky...*! d'une jeune femme qui ressemblait un peu à ces étranges noyées au cou tordu, glissant au fil de l'eau... Les inconnues du Danube... Mais toi, tu voulais t'intéresser à ce pays que tu découvrais, cette Californie espagnole, américaine, et ce n'était pas elle, mais lui, George, qui devait te la faire connaître. « Il vous trouve très sympathique... » C'est ainsi que cela avait commencé... Leur amitié? Non, tout de même pas, encore que la situation eût été classique... Un jour, il l'avait invité à déjeuner à son club. Extraordinaire ce club, en plein centre de la ville, on se serait cru dans un salon particulier de l'Hôtel de l'Europe, ou du Continental, ou du Café de Paris à... Mont-de-Marsan, ou Pontarlier, la dame de Pontarlier passant par là... C'était, vraiment, reconstitué au bord du Pacifique, un restaurant français attendrissant, avec la table d'hôte recouverte d'une nappe blanche et, au mur, des affiches d'autrefois, la petite fille du chocolat Meunier dressée sur ses bottines écrivant, le bras levé, quelque chose au mur, ou au tableau noir... Ses tresses, son cartable... Et la nourrice au bonnet tuyauté allaitant un bébé : une marque de bière, la bière est bonne pour le lait des nourrices. « Je devrais aussi boire de la bière, lui avait-elle dit, quand ils avaient parlé de ce décor insolite, cela me donnerait de plus beaux seins... » Et il était vrai que... Et des affiches de vieilles marques d'automobiles, De Dion-Bouton, Panhard et Levassor, torpédos, conducteurs moustachus, de grosses lunettes sur la casquette mise de travers, la visière sur la nuque! Paris-Madrid ou Paris-Bordeaux et Y a bon Banania! « Le secret du vainqueur »... Tout autour de la salle, cette France de Fallières, de Félix Faure (celui-là...!) qui les regardait manger des œufs en meurette, du bœuf miroton, car le chef était français et aussi la cuisine, et la cave célèbre pour ses crus « Goûtez-moi ce château-margaux 1939, il a de la jambe...! ». Lui qui n'avait jamais su très bien distinguer les crus, les années... Ah! oui, il a de la jambe...! Et George, si fier de lui montrer tout cela, de lui faire goûter tout cela, de le présenter aux membres du club, industriels de la ville, avocats, un ou deux professeurs de l'Université, l'un surtout, un Anglais, de passage comme lui, qui comparait ce club où il était invité à son club anglais... Il lui avait parlé de cette Californie qu'il connaissait bien, de son histoire, savait-il qu'elle avait failli devenir russe? Enfin, pas tout à fait, mais il y avait eu un consul de Russie qui avait intrigué pour que son pays... Et failli y réussir! Et d'ailleurs, la Californie avait été indépendante, peu de temps, c'est vrai, avant que les Etats-

Unis ne mettent la main dessus! Voilà qui était intéressant! Plus intéressant que ces vieilleries européennes qu'Elena entassait dans son esprit, dans sa maison. Est-ce qu'il connaissait l'extraordinaire aventure de ce Suisse, Sutter, qui s'était créé une principauté du côté de Sacramento? Oui, il avait entendu parler de Sutter, et il savait que Washington avait dû envoyer des troupes fédérales pour le réduire, disperser la petite armée qu'il avait mise sur pied pour défendre ses possessions. Mais il n'avait pas entendu parler de Raousset-Boulbon, un Français celui-là, qui avait tenté, lui aussi, de se tailler un pourpoint dans ce manteau de roi qu'était la Californie. Connaître ce Raousset-Boulbon... Savoir d'où il venait, ce qu'il avait entrepris : l'idée lui en était venue et il en avait parlé à Elena. Mais il n'avait pas eu le courage d'entreprendre des recherches... Toujours remises à plus tard... Aujourd'hui encore, il lui arrivait d'y songer... Le temps lui manquait... Et puis quoi! S'intéresser au destin d'un autre quand on est si fort préoccupé du sien? Alors, elle lui demandait : « Et Raousset-Boulbon? – Un fameux lapin », disait-il. Et cet échange était devenu entre eux une scie, un mot de passe, une sorte de rappel à l'ordre, un reproche de sa paresse... Il ne devait jamais en savoir davantage sur ce Raousset-Boulbon. Il s'était contenté du nom, et il fallait convenir que le nom à lui seul était superbe... On en avait plein la bouche... Il justifiait tous les espoirs... « Et que devient Raousset-Boulbon? Est-il toujours un fameux lapin? » Et lui : « Il va très bien. Il vous envoie ses hommages. » Jeux... Jeux de l'esprit, de l'humour qui remplaçaient d'autres jeux, devenus plus difficiles à mesure que passait le temps... Seize the day... Et un autre jour : « George veut vous emmener entendre du jazz. Il y a, paraît-il, à San Francisco, les meilleurs orchestres de jazz. Supérieurs à ceux de La Nouvelle-Orléans... Moi, je ne suis pas folle du jazz, et vous? Mais George y tient. Il dit que je suis pour vous un très mauvais guide, que je ne vous montre rien de ce qu'il y a à voir dans ce pays, est-ce que cela vous plairait? Alors nous irons et oubliez pour un soir Raousset-Boulbon. » Donc, un soir, après un verre pris avec George et elle au bar du Mark Hopkins que tu découvrais si tard et où... Mais plus tard, plus tard... George qui insistait pour payer partout, tu le laissais faire, il était amical, presque affectueux, il te posait des questions sur ton travail, sur ta vie à Paris, faisait des projets... Sans doute sa manière, habile, de *parer au danger,* de neutraliser l'intrus, la dernière coqueluche, oui, coqueluche... de sa femme... Ils étaient allés tous les trois dans une boîte où des musiciens noirs jouaient. C'était une ancienne salle de cinéma, très petite. L'orchestre, composé d'un piano, d'une contrebasse et d'une trompette se trouvait sur l'estrade et les spectateurs, assis dans des fauteuils, le nez en l'air, écoutaient religieusement les morceaux de musique qui se succédaient. C'était bien une cérémonie religieuse à laquelle il assistait en compagnie de ses amis, il avait l'impression de faire partie d'une secte, de participer à un rite étrange, il se sentait gagné par la grâce. Il n'y avait ni déchaînement de passion, ni cris d'hystérie, ni pâmoisons chez les spectateurs. A peine quelques applaudissements polis. L'assemblée était recueillie et grave, jamais il n'avait pensé que le jazz pût susciter pareille ferveur. Assis au deuxième rang, ils recevaient en pleine figure les cris stridents de la trompette, le chant bourru et narquois de la contrebasse, les accords plaqués du piano qui les faisaient tressauter dans leurs fauteuils inconfortables aux montants en fer... Un peu comme ces télésièges... Après chaque morceau, les spectateurs se tournaient les uns vers les autres, se souriaient d'un air entendu, les yeux baissés, hochaient la tête comme s'ils venaient de recevoir une révélation qu'eux seuls pouvaient comprendre. Les apôtres, à la Pentecôte, devaient avoir cette tête-là... Des langues de feu allaient tomber du plafond... Et lui se sentait un intrus, un infidèle, il s'était penché vers sa voisine pour demander : « On va faire la quête? » C'était bien un office auquel ils assistaient, avec sa liturgie barbare. Et, par-dessus le visage d'Elena, il voyait celui de George, souriant, quêtant une approbation, s'assurant que, par la grâce amicale du jazz, il ne lui prendrait pas sa femme... Au bout d'une heure, il n'en pouvait plus. Des significations lui échappaient, l'entrée soudaine de la trompette dans le trio avait sans aucun doute une raison, car il voyait ses voisins échanger des sourires joyeux de connivence, mais il ne les comprenait pas. Il n'était plus que bruit, oreilles cassées, et il avait montré à Elena qu'il n'en pouvait plus, qu'il souhaitait sortir, elle avait compris, et sous les regards courroucés et méprisants des fidèles, ils s'étaient levés et, bousculant les spectateurs assis dans leur rangée, s'étaient dirigés vers la porte. George avait marqué un temps d'hésitation, comme s'il n'avait pas compris cette fuite, cette débandade, et il avait suivi. « C'était beau, n'est-ce pas? » Le brouillard noyait le contour des choses, il se secouait après la douche de notes qui leur était tombée dessus pendant plus d'une heure, encore hébétés, à moitié sourds, incapables de s'exprimer... « C'est l'un des meilleurs orchestres de la ville... Il fallait que vous l'entendiez... Ils viennent tous les trois de La Nouvelle-Orléans, bien sûr... Vous avez aimé? » Il avait protesté de son admiration, mais elle avait bien vu qu'il mentait, qu'il était au bord de l'exaspération... Ah! cela ne valait pas les opéras de Vienne, il devait en convenir... Elle était sûre qu'il préférait les entendre chez elle... Maintenant, il savait ce qui l'éloignait de son mari, et ce qui les unissait tous les deux, lui Martin, et elle, ce qu'ils avaient en commun. Eh bien! il n'était pas mûr pour l'Amérique, il n'aimait le jazz que modérément, la crème glacée que modérément, le tourisme que modérément, l'amour que modérément, il était un homme des coteaux modérés, en somme, un vrai Français et, en dépit de son air indifférent, lointain, elle était plus hardie que toi, plus passionnée, même si le jazz ne la transportait pas au septième ciel... « Allons boire un verre au Mark Hopkins », avait dit George. Ils avaient pris goût à ce bar circulaire, au sommet du grand hôtel de San Francisco. C'était une salle entourée de vitres...

« ... Voici la brume qui vient, dit la dame aux gants rouges. Ça ne va pas être drôle, si la nuit tombe.

– C'est étrange comme, en quelques minutes, on peut se rappeler tant de choses... Les souvenirs se bousculent dans la tête... On revoit des scènes de sa vie avec une précision stupéfiante. N'est-ce pas ce qui se passe dans les secondes qui précèdent la mort?

– Chez les noyés, dit-on.

– Dans un accident d'avion, ce doit être la

même chose... Et nous sommes un peu comme en avion, vous l'avez dit.

– Et qu'est-ce qui défile ainsi dans votre tête? Pas votre vie entière?

– Non. Je revoyais la Californie. Des moments que j'ai vécus là-bas... Cette femme, dont je vous ai parlé, que j'y ai connue.

– Pourquoi ce moment de votre vie et pas un autre?

– Peut-être à cause du brouillard qui s'est levé, dit Martin.

– Ce n'est pas un brouillard qui vient de l'océan, comme celui qui noie toute la ville de San Francisco, s'accroche aux collines, certains soirs d'été.

– Au sommet du Mark Hopkins, il y a un bar entouré de vitres, d'où l'on voit la ville, et parfois le brouillard est si dense qu'il bouche toute la vue. On a l'impression d'être dans un phare.

– Je connais ce bar. J'y suis allée plusieurs fois. »

... Assis sur les tabourets, accoudés au bar circulaire, ils buvaient des whiskies sours... Le soir, vers sept heures, il aimait voir les nappes de brouillard venir du large, frapper les vitres, s'effilocher, se condenser, envelopper soudain toute la salle comme dans un cocon... Il se croyait en pleine mer, comme cela lui était arrivé au large des Chaises de Primel, incapable de trouver la passe, et il aimait l'angoisse légère qui l'étreignait à se sentir ainsi prisonnier de cette chape de brume, ce manteau qui pesait sur les épaules, ce nuage humide et visqueux qui entrait dans les bronches, les yeux, ah! comme le goût de citron du whisky sour était meilleur au milieu de ces limbes! Et l'on devinait, à une certaine qualité du silence qui remplissait la salle, que les consommateurs assis aux tables, le nez contre la vitre, ou bien juchés sur les tabourets du bar, éprouvaient eux aussi le trouble que provoquait cet aveuglement, ce rideau jeté sur la ville qui encapuchonnait la tour de l'hôtel, la ville entière et qui t'évoquait certaines journées de navigation à bord des transatlantiques, au milieu de l'océan, il ne manquait que le son de la corne de brume mais tu croyais l'entendre, tu avais dans l'oreille cet appel angoissant qui venait du large... Le whisky sour! Il avait alors une certaine propension à boire ces alcools qu'il découvrait... Il en buvait deux, trois, et elle lui disait : « Martin, c'est assez, n'allez pas devenir alcoolique comme tant d'hommes de ce pays... George boit beaucoup trop, lui aussi, ce qui m'inquiète. » George... George était trop jeune, c'était cela la cause d'un éloignement entre eux... Trop jeune, ne s'intéressant pas aux mêmes choses qu'elle... Mais il continuait à ne pas comprendre les raisons de son engouement pour lui. Elle se trompait sur lui, le croyait fort, mais il était faible, comme tous les rêveurs... Cette intrigue entre eux, c'était un rêve... Et le temps courait, bientôt il allait partir, et il se disait qu'il était passé à côté d'un bonheur qui aurait pu être mieux vécu, enfin, quoi, tu aurais pu te la faire, cesse ce ton noble, elle n'attendait que cela, tu te conduisais comme un Joseph chez la mère Putiphar... A quoi rimaient ces regards langoureux, serrements de mains, baisers, comme des gosses de vingt ans... Il est vrai qu'elle n'en avait guère plus. Mais lui, déjà, il se sentait vieux... On est vieux quand on n'a pas réalisé grand-chose, ce à quoi on s'est cru destiné et qui est encore à faire... Bien sûr, la maturité est tout. Mais la jeunesse fout le camp... Prendre ses précautions, ce qu'il n'avait guère fait... Fuir les responsabilités, les soucis, être seul, rester seul. Mais profiter, quoi? de cette solitude. Il fallait passer à l'action... Alors, il s'était décidé, c'était quelques jours à peine avant son départ, à...

« ... Qu'en pensez-vous?

– Quoi?

– Je dis que j'aimerais mieux me trouver au bar du Mark Hopkins, dont vous venez de parler.

– Ah! oui, bien sûr...

– ... si vous préférez vous taire.

– ... Mais, je...

– Comme vous voudrez. »

... Prendre une chambre au Mark Hopkins, l'y inviter, la surprendre, c'est ce qu'il avait décidé. Une chambre dans le meilleur hôtel de la ville, rien à voir avec l'hôtel miteux où il avait passé les quatre mois de son séjour... Avait-il besoin de ce luxe? Ou bien plutôt n'était-ce pas de la grande ville dont il avait besoin, de ses lumières, de ses plis et replis où se cacher au milieu de la foule, des rues profondes, de l'étroit terre-plein, devant la porte de l'hôtel où les voitures venaient se ranger avant de redescendre à pic vers le port, ou bien de remonter vers Van Ness, vers le Golden Bridge, des portiers chamarrés ouvrant les portes, saisissant les valises, du va-et-vient des clients dans le hall, des grooms porteurs de messages, de cet affairement, cette excitation de la vie d'un palace?... Greta Garbo franchissant de son pas d'homme, suivie de sa cour, le hall du Grand Hôtel... Avait-il besoin de ces images, de ce cinéma? Croyait-il que pris dans ce tourbillon, assaillis par la curiosité de la foule qui se pressait dans les salons, sous les regards de curiosité qu'allait susciter leur couple – n'allait-on pas voir qu'il s'agissait d'un couple irrégulier, cela ne se devinait-il pas? –, il se sentirait plus à l'aise, entreprenant, il saurait vaincre cette indifférence lassée qui le paralysait? Cette soirée avait quelque chose de plus aventureux, de plus compromettant que tant de précédentes soirées – par exemple quand il se trouvait chez elle, comme en visite, et que d'un commun accord, ils abrégeaient leurs effusions, s'en tenaient au flirt... L'humour, l'ironie prenaient le dessus, les yeux dans les yeux, la politique, les étudiants, l'Intrépide, George qui, absent, était toujours là... Au Mark Hopkins, elle se rendait à sa merci, le seul fait d'avoir accepté de l'y suivre était le geste de soumission qu'il avait attendu, sans lequel il ne pouvait rien... Et quand, après les drinks au bar noyé dans la brume, ils étaient descendus dans la chambre où il passerait la nuit, elle n'avait montré aucune surprise, n'avait posé aucune question, et il s'était dit que cette fois-ci, enfin, ma cocotte... Mais à peine étaient-ils entrés dans la chambre dont l'anonymat cossu le rassurait, qu'un coup frappé à la porte l'avait surpris, alarmé le temps d'une seconde, il avait ouvert et un groom, l'un de ceux aperçus dans le hall dans son spencer gris, le calot incliné sur l'oreille, les gants de coton blanc passés sous la patte de l'épaulette, l'air effronté, lui avait tendu un plateau d'argent sur lequel était un pli lui apprenant qu'il y avait eu un appel téléphonique à son nom, de la part d'un M. George T. ... George était à San Francisco, entre deux voyages, Elena le lui avait confirmé, précisant qu'elle avait déclaré à son mari son intention de dîner dehors et de rentrer sans doute assez tard... Mais comment George pouvait-il savoir qu'il se trouvait, lui, Martin, au Mark Hopkins? Il ne l'avait dit à personne, pas même à Elena à qui il tendait ce guet-apens, sans être certain qu'elle y tomberait. Comment avait-il deviné qu'il se trouvait au Mark Hopkins avec sa femme? Et pourquoi avait-il téléphoné sans laisser de message, il ne disait rien, ne demandait rien, pas même qu'on le rappelle à un numéro de téléphone, il voulait simplement faire savoir qu'il avait appelé... Tremblait-il en prenant connaissance de cette communication étrange? Que voulait-elle signifier, sinon que George avait tout compris depuis le début, en dépit de son ton amical, de ses attentions...? Sans doute avait-il des torts envers sa femme et d'abord celui d'être absent, et il les reconnaissait, lui accordait une grande liberté, il ne l'en aimait pas moins... Alors, lui, Martin, l'avait imaginé chez lui, jaloux, attendant le retour d'Elena... Ces pensées l'avaient assailli, l'espace d'une seconde, tandis qu'il tenait à la main le message de la standardiste, ne sachant comment l'interpréter, s'agissait-il d'un avertissement ou d'un reproche, d'une prière...? « Qu'est-ce qu'il y a? avait-elle dit. Vous paraissez troublé... Qu'est-ce que c'est que ce message?... Un ennui?... – Non... Rien... » Elle s'était approchée de lui, elle avait eu des gestes qu'elle n'avait jamais eus, ceux qu'il attendait... Mais il n'avait pu y répondre. Pourquoi...? Les maris sont faits pour être trompés, non... ? L'autre côté de la barricade... Pouvant prendre, ne pas prendre, formule de cet écrivain qui l'avait tant marqué dans sa jeunesse... Mais tout cela, si bien combiné, l'hôtel, la chambre, avait quelque chose de vulgaire... Ne pas prendre... Etre pris ? Pris au piège... Ne pas s'engager, surtout... Et il avait éprouvé l'impossibilité subite de faire un pas vers le but à atteindre... Tellement plus simple avec Lila l'Intrépide ! Il allait rentrer à Berkeley et téléphoner à Lila, qui était toujours libre et qui avait de bien beaux... Ni vu ni connu... « Qu'y a-t-il ? disait-elle. Détendez-vous... Qui vous appelle ? – C'est le chef de mon département », avait-il dit... Réponse absurde... Cela n'avait aucun sens. Elle ne pouvait pas y croire... « Je vois bien que quelque chose ne va pas. » Et lui, soudain, d'un ton ferme, plein de détermination et d'assurance, qui l'étonnait lui-même : « Il faut que je rentre à Berkeley... Pardonnez-moi. Je vous expliquerai... » Elle n'avait fait aucune objection... C'est à peine si elle avait paru surprise, déçue... C'était bien dans sa manière d'être, cette façon lasse et indifférente d'accepter l'inexplicable volte-face... Changement de programme... Lubie... Comme vous voudrez ! Vous êtes vraiment bizarre... Vous ne savez pas ce que vous voulez... Allait-il lui donner le nom de celui qui avait appelé ? Non, il ne le donnerait pas... Il ne le lui avait pas donné... Il avait su que tout était compromis, que leur entente si évidente dès le premier jour, dès leur première rencontre à New York, trois ans plus tôt, ne résistait pas à cette défection... Il lui semblait, tandis qu'ils quittaient leur chambre, l'hôtel, un départ qui ressemblait à une fuite, qu'il venait d'arriver en Californie, que ce séjour qui tirait à sa fin n'aurait été qu'un bref intermède... Il y avait peu de chances qu'il revît Elena, sauf par hasard, à New York où sans doute elle retournerait vivre, au cours d'un cocktail, comme la première fois. Ils deviendraient l'un pour l'autre des étrangers... Déjà, ils étaient devenus des étrangers, peut-être même auraient-ils du mal à se reconnaître, ils auraient changé, elle aurait un autre mari... Lui...

« Je me demandais s'il existe une identité entre celui, celle que nous étions il y a... mettons trente ans, et celui ou celle que nous sommes devenus. Si nous pouvons éprouver, pour quelqu'un que nous aurions connu alors, des sentiments identiques, si...

– Je ne le pense pas, dit la femme aux gants rouges. Est-ce que les cellules de notre corps ne se renouvellent pas tous les sept ans, je crois? Alors, il n'y a plus d'identité entre celui que nous sommes et celui que nous avons été.

– La mémoire crée cette identité. Il n'y a que le souvenir qui nous sauve du néant. Et il peut être si vif que nous pouvons revivre une époque de notre vie, un amour passé, aussi bref qu'il ait été.

– Croyez-vous ?

– Je le crois.

– Et cette femme, vous ne l'avez jamais revue ?

– Je l'ai cherchée au cours de mes voyages à New York, ces années-là, j'allais assez souvent à New York, mon journal m'y envoyait pour des reportages, ou pour " couvrir ", comme on dit en jargon de journalisme, des événements politiques : les conventions en vue des élections... Des choses de ce genre...

– Je sais. J'ai lu des articles de vous, je vous l'ai dit. C'était au moment de l'affaire du Watergate. Vous avez pris une position singulière... Vous étiez favorable à Nixon, vous critiquiez le " quatrième pouvoir ", celui de la presse, vous souteniez que cette affaire n'avait pas vraiment d'importance...

– Je n'étais pas le seul, en France, à penser ainsi.

– Certains de mes amis de New York étaient indignés... Dans le milieu que je fréquentais alors, et qui est toujours le mien, cette affaire n'était pas prise à la légère, et votre article n'était pas passé inaperçu.

– Je le sais.

– Je ne vous cache pas qu'hier soir, quand nous avons su, mon mari et moi, que nous allions vous rencontrer, nous éprouvions un certain sentiment d'hostilité à votre égard.

– Je crois l'avoir senti.

– Tout cela est oublié! Tant de choses se sont passées depuis... Je n'avais d'ailleurs nulle envie d'entamer une discussion avec vous sur ce sujet... Ni sur aucun autre... Je crois comprendre que nous avons peu d'idées politiques communes. Mais je n'ai rien lu de vous sur la Californie. Elle a pourtant une histoire intéressante. Des aventuriers s'y sont créé de petites principautés... Vous n'avez pas eu envie d'écrire quelque chose là-dessus? Je ne sais pas, moi... Un roman d'aventures?

– Si, mais...

– Ah! cette fois-ci... »

La secousse imprimée au télésiège fut brusque, le grincement du treuil l'accompagna, la machine se mit en mouvement et les voyageurs se sentirent attirés vers l'abîme.

« Cette fois-ci, ça y est, dit la femme aux gants rouges. Ce n'est pas trop tôt! »

Attentifs au glissement de la benne sur le câble d'acier, les passagers du télésiège se taisaient.

... Il avait su qu'elle habitait New York, qu'elle avait divorcé et vivait dans un milieu intellectuel et littéraire... Par un ami, il avait pu avoir son numéro de téléphone. Mais des bruits contradictoires couraient sur elle, on la disait gravement malade, un cancer... Elle n'habitait plus Manhattan mais une maison à Long Island... Et la nouvelle de cette maladie, la crainte de la revoir changée lui avaient été insupportables et il n'avait pas eu le cœur d'appeler ce numéro de téléphone... Au cours d'un autre voyage, l'année suivante, quelqu'un, qui? une femme, bien sûr, lui avait dit qu'elle était morte et il avait voulu chasser de sa mémoire son souvenir... Mais un jour, une autre fois, au cours d'un autre voyage, peut-être dix ans plus tard, comme il avait cité son nom devant une jeune femme, une autre jeune femme, rencontrée comme elle dans un cocktail et qu'il avait également invitée à déjeuner au Sherry Netherland, il existait encore, et il avait passé sa vie à refaire les mêmes choses, aux mêmes endroits, par superstition, par manque d'imagination, et il n'avait cessé de répéter les mêmes choses... Elle lui avait appris (elle aussi, tu l'as perdue de vue) qu'Elena était bien vivante. Certes, elle avait été gravement malade, mais elle était guérie et vivait normalement, elle était devenue l'une des femmes les plus en vue de New York, il avait alors tenté de la joindre, mais l'appel était resté sans réponse. Il avait renoncé. Il l'avait imaginée fréquentant cette intelligentsia new-yorkaise libérale, c'est-à-dire gauchisante, le gauchisme chic de Park Avenue pour lequel il n'avait pas d'estime, il avait été découragé à l'avance à la pensée des discours qu'elle lui tiendrait, il avait préféré garder l'image de la petite étudiante de Berkeley, à peine échappée aux griffes de la guerre, comme il l'était lui-même, encore rompue par son voyage, sa fuite hors d'Europe et comme étourdie... Alors, ils avaient un langage commun. Ils ne l'avaient plus, les gens changeaient, il n'y avait que lui qui ne changeait pas, toujours accroché à ses vieilles idées, ses préjugés, ses vieux souvenirs... Est-il vrai que seuls les imbéciles ne changent pas d'idées? Alors, il n'était qu'un vieil imbécile, il n'était pas dans le vent (sauf dans un télésiège, à mille mètres d'altitude), il s'en était rendu compte hier soir à ce dîner où il n'avait presque pas ouvert la bouche, tant ce qui s'était dit lui avait paru faux... A une certaine époque de sa vie, il avait eu la volonté de dire comment il avait vu les choses, au risque de se faire des ennemis, mais à présent que le mensonge était partout, il n'en avait plus l'envie... L'Histoire était faite, elle était fixée, on la verrait dans l'avenir comme elle était dite, enseignée officiellement... Il y avait un vaste complot contre lequel il ne pouvait rien. Et, dans le passé, il y avait eu des complots analogues, de sorte que, la plupart du temps, le mensonge avait triomphé... L'Histoire, un ramassis de mensonges... Fausses valeurs, impudences, vulgarités admises, encensées, dans la politique, la littérature... La monstrueuse impudence de ce qu'on lisait et écoutait... Le battage publicitaire... Vulgarité de l'époque, qui n'épargnait pas même ces groupes snobs et mondains dont sa compagne du télésiège faisait partie, il le devinait... Victime, comme les autres, de ce grand battage publicitaire sur tout et sur n'importe quoi... Et toi aussi tu te surprenais à en être la victime et tu n'étais sauvé que par ta mauvaise humeur, ton refus buté de pactiser, ta prodigieuse propension à être agacé par tout, et cette femme, à ton côté, dont il sentait le bras, la main, sous la couverture, elle faisait partie du complot, le vaste complot de la modernité... Il s'en était douté hier soir, à la façon dont elle écoutait des propos qu'il n'avait pas eu le courage de contester... Il n'avait pas eu envie de se répéter, encore une fois... Fatigué de se répéter... Ils descendaient à présent, ils allaient être séparés, sans doute ne la reverrait-il jamais, peut-être même n'en aurait-il pas l'envie... D'où venait cette désaffection qu'il éprouvait pour tant de choses, pour les êtres comme pour les idées...? Etait-ce la saturation des souvenirs? J'ai plus de souvenirs que si j'avais mille ans... Il pouvait encore, bien sûr, donner le change, donner la réplique, faire semblant, se taire... Il pouvait se taire... Il pouvait aussi faire la conversation, comme au cours de ce voyage en plein ciel et cette femme, encore belle et désirable, n'avait pas pu se douter...

« Ainsi, vous ne savez pas ce qu'elle est devenue? Et vous n'avez pas cherché à le savoir, à la revoir...

– Oh! je me doute de ce qu'elle est devenue. Je connais certains de ses amis. Je sais les journaux qu'elle lit, je devine les livres qu'elle aime.

– Peut-être pense-t-elle toujours à vous?

– Elle m'a oublié!

– Qu'en savez-vous? Qui vous dit qu'elle n'a pas regretté votre indifférence?

– Je ne le crois pas.

– Dites que vous espérez qu'il n'en a rien été. Et vous n'aimeriez pas la revoir?

– Si, bien sûr... Mais... Savez-vous quel est le plus beau titre de roman de la langue française? *Vingt ans après.* Vous l'avez lu... Mais " trente ans après ", ça ne va plus... C'est trop long... »

Ils traversaient à présent le bois de sapins, au pied de la montagne; les branches noires des arbres défilaient devant eux et ils avaient l'impression qu'en tendant le bras ils auraient pu les saisir.

Ils sortirent de la trouée sombre et se trouvèrent soudain enveloppés par la lumière de la fin du jour.

« Avez-vous eu peur?

– Non. Mais parce que j'étais avec vous.

– Je ne pouvais rien pour vous.

– Si. Vous me parliez. Vous me posiez des questions. Et ces questions m'ont fait revivre un épisode de ma vie.

– Comment cela ?

– Je ne sais... Mais j'ai revécu ce séjour en Californie dont je vous ai parlé, avec une grande précision, et j'en ai été heureux. C'est à vous que je le dois.

– Aucun regret ?

– Le regret souriant. »

Le ciel était rose et mauve et il y avait, sur la neige, des traînées roses et mauves.

Soudain, Martin sentit sur sa main, la main de sa voisine du télésiège. Il sentit que sous la couverture elle enlevait l'un de ses gants de laine rouge et lui aussi ôta son gant, qui était un gant de skieur à la paume et aux doigts recouverts de cuir. Il eut alors sur sa main nue la main de sa compagne de voyage. Elle était chaude. Leurs doigts se nouèrent. La main relâcha son étreinte, qui avait été forte, et sembla se retirer, elle fut légère, les doigts effleurant ses doigts, les parcourant dans toute leur longueur. Le contact se rompit une seconde et les doigts revinrent, touchèrent les doigts et la main tout entière enveloppa la main de Martin, elle se retourna, la pressa paume contre paume, se plaqua contre le dos et resta posée là... Alors, ce fut lui qui prit l'initiative et, à son tour, serra les doigts, se glissa sous la paume... Ces jeux durèrent plusieurs secondes, une à deux minutes peut-être, pendant lesquels ils ne se quittèrent pas des yeux. Puis leurs mains se calmèrent, comme épuisées, et restèrent posées l'une sur l'autre, sans bouger.

A l'orée de la forêt, ils virent la gare du télésiège, ils y seraient dans quelques minutes, ils apercevaient la foule au milieu de laquelle ils auraient pu voir leurs amis qui les attendaient. Doucement, comme à regret, effleurant la main de Martin d'une dernière caresse, la main se retira et Martin sentit que, sous la couverture, sa voisine chaussait de nouveau son gant de laine rouge. Il voulut à son tour remettre son gant mais, maladroit, il le laissa échapper et le gant tomba dans le vide.

« Oh! cria-t-il, que c'est bête!

– Oui, dit la femme aux gants de laine rouge qui, la tête tournée vers ses amis au-dessus d'eux, n'avait pas vu tomber le gant, c'est absurde... Le temps perdu... !

– Voyez, nos amis nous attendent. Ils ont dû être plus inquiets que nous. Ils vont nous faire fête... J'aimerais vous revoir, dit Martin. Mais je rentre demain à Paris. Et vous? Que faites-vous après votre séjour ici?

– Je vais à Vienne. Et dans le Tyrol. Je rentrerai ensuite à New York.

– Passerez-vous par Paris ? Si oui, j'aimerais...

– Non. Je rentre directement à New York. »

Ils se turent. Le télésiège se rapprochait de la gare, comme s'il allait se poser sur le toit. Ils distinguaient dans la foule les visages de leurs amis et ils entendaient les clameurs de bienvenue accueillant les voyageurs qui les précédaient et avaient subi la même épreuve.

« J'ai été heureux, commença Martin... Je bénis ce hasard et cette panne, qui...

– Moi aussi, j'ai été très heureuse... »

Le télésiège entrait dans la gare violemment éclairée, et les hommes chargés du service saisissaient les tiges de fer, les accoudoirs des fauteuils, soulevaient les barres de bois peintes en rouge, ôtaient la couverture rugueuse, Martin et la passagère, libérés, se levèrent, prirent pied sur le plancher de bois souillé par les traces humides des chaussures et la neige fondue. La femme aux gants de laine rouge fut tout de suite entourée, mais avant de s'éloigner avec ses amis, elle se tourna vers Martin et dit :

« Et Raousset-Boulbon... ?

– Ah ! s'écria Martin en riant. Un fameux lapin ! »

Mais la phrase se perdit au milieu des rires et des cris. Martin, lui aussi, était fêté, on lui saisissait les mains, on le prenait par l'épaule. « Quelle aventure... ? – Il n'y avait pas de danger, mais... – Tiens, vous n'avez qu'un gant? – J'ai perdu l'autre... – Vous n'avez pas eu froid? – Vous aviez une voisine charmante... – Veinard, vous ne vous êtes pas ennuyé. »

Martin se retourna, espérant revoir sa compagne de voyage, mais celle-ci accueillait le couple de ses amis qui, à leur tour, prenaient pied sur le plancher de la gare; Martin la perdit de vue.

Il quitta la gare et il marchait vers l'auto garée sur le parking couvert d'une neige durcie.

« Comment s'appellent les arbres qui ont une forme si régulière, des branches symétriques de chaque côté du tronc... Ils sont dépouillés de leurs feuilles... Je n'arrive pas à en retenir le nom.

– Des arolles, dit Raymond, qui marchait à son côté.

– Ah! dit Martin... Des arolles... Ce sont de beaux arbres. »

Dangeau, 11 décembre 1987.

DU MÊME AUTEUR

Romans

LE RÉPIT (Albin Michel, 1945)

MON ROYAUME POUR UN CHEVAL (Albin Michel, 1949)

LES NOMADES (Albin Michel, 1951)

LE SERVITEUR FIDÈLE (Albin Michel, 1953)

LA PRISON MARITIME, *grand prix du roman de l'Académie Française* (NRF, 1961)

LA CAMPAGNE D'ITALIE (NRF, 1965)

L'OURS DES ADIRONDACKS (NRF, 1969)

DEUX INDIENNES À PARIS (NRF, 1974)

LES MOYENS DU BORD (NRF, 1975)

LA GUERRE CIVILE (NRF, 1986)

LE TÉLÉSIÈGE (NRF, 1989)

UN SOIR, À LONDRES (NRF, 1991)

Essais

LES INTELLECTUELS DEVANT LA DÉFAITE DE 1870 (Buchet-Chastel, 1942)

MONTHERLANT, HOMME LIBRE (La Table Ronde, 1989)

LE NOUVEAU ROMAN AMÉRICAIN (NRF, 1955)

L'AIR DU LARGE, *grand prix de la Critique Littéraire* (NRF, 1970)

L'AIR DU LARGE II (NRF, 1987)

BENJAMIN OU LETTRES SUR L'INCONSTANCE (NRF, 1989)

L'AIR DU TEMPS (Éditions du Rocher, 1991)

Théâtre

UN JEU D'ENFER (NRF, 1970)

Récits

LA MAISON DU PÈRE (NRF, 1979)

VERS L'OUEST (Olivier Orban, 1988)

Impression Brodard et Taupin,
à La Flèche (Sarthe),
le 13 janvier 1992.
Dépôt légal : janvier 1992.
Numéro d'imprimeur : 1065F-5.
ISBN 2-07-038461-6 / Imprimé en France.

54831